시가 있는 아침

_____ 님께

소중한 마음을 담아 드립니다.

20   .   .   .

_____ 드림

시가 있는 아침

초판 1쇄 발행 2020년 5월 31일

지은이 정기용, 박세연 외 53인 · **엮은이** 이채 · **발행인** 권선복 · **편집** 유수정 · **디자인** 김소영
마케팅 권보송 · **발행처** 도서출판 행복에너지 · **출판등록** 제315-2011-000035호
주소 (157-010) 서울특별시 강서구 화곡로 232 · **전화** 0505-613-6133 · **팩스** 0303-0799-1560 ·
홈페이지 www.happybook.or.kr · **이메일** ksbdata@daum.net

값 25,000원

ISBN 979-11-5602-805-5 (03810)
Copyright ⓒ 정기용, 박세연 외 53인, 2020

도서출판 행복에너지는 독자 여러분의 아이디어와 원고 투고를 기다립니다. 책으로 만들기
를 원하는 콘텐츠가 있으신 분은 이메일이나 홈페이지를 통해 간단한 기획서와 기획의도,
연락처 등을 보내주십시오. 행복에너지의 문은 언제나 활짝 열려 있습니다.

55인이 노래하는 '서정의 향연' 5집

시가 있는 아침

정기용, 박세연 외 53인 지음, 시인 **이채** 엮음

도서
출판 **행복에너지**

이채

1961년 7월 27일 경북 울진 출생
동국대 대학원 법학박사
영주시립병원 법률고문
인애가한방병원 법률고문
스포츠연예신문 객원기자
세계문인협회 2006 공로상 수상

세계문학상 대상 수상
노천명문학상 대상 수상(제6회 수필 부문)
조지훈문학상 대상 수상(제3회 시 부문)

출간 시집
『중년의 당신, 어디쯤 서 있는가』
『마음이 아름다우니 세상이 아름다워라』(문화공보부 우수도서 선정)
『중년의 고백』 외 다수
현재 8시집 출간

축시

사람이 사람에게
  – 이채

꽃이 꽃에게 다치는 일이 없고
풀이 풀에게 다치는 일이 없고
나무가 나무에게 다치는 일이 없듯이
사람이 사람에게 다치는 일이 없었으면 좋겠다

꽃의 얼굴이 다르다 해서
잘난 체 아니하듯
나무의 자리가 다르다 해서
다투지 아니하듯

삶이 다르니 생각이 다르고
생각이 다르니 행동이 다르고
행동이 다르니 사람이 다른 것을
그저 다를 뿐 결코 틀린 것은 아닐 테지

사람이 꽃을 꺾으면 꽃 내음이 나고
사람이 풀을 뜯으면 풀 내음이 나고
사람이 나무를 베면 나무 내음이 나는데
사람이 사람에게 상처를 입히면 사람 내음이 날까

행복한 나들이

시가 있는 아침

오직 한 사람
- 정기용

아침에
못 견디게 보고 싶어

한낮 뙤약볕에
그리움을 바짝 말렸는데

저녁에는
또다시 그리움에 젖고

날마다
못 견디게 보고픈 사람

세상에
하나뿐인 그대
내게는 오직 한 사람입니다

커피 같은 당신
- 정기용

정기용

부산광역시 명지동 거주

어느 날은 쓰디쓰고
어떤 날은 달콤하고
향기도 좋은 그대

어제도 보고
아침에 보아도
더 좋은
커피 같은 당신
날마다
그대 향기에
취하고 싶은 나

내일도
보고 싶은 당신은
참 예쁘다

빈 잔
- 정기용

보고픔도
조금

그리움도
조금

기다림도
조금

사랑도
넣었더니

반 잔이
되었어

나머지는
그대가 채워주오

그대에게
흠뻑 취하고 싶은 나

그대는 내게 좋은 사람
- 정기용

당신은 내게
마음 편한 사람이고
따뜻한 사람이고

언제나 따뜻한
손 잡을 수 있어서 좋고
정다운 그대 눈을
바라볼 수 있어서 더욱 좋은

그저 생각만 하여도
가슴은 두근두근
미소 짓게 해주는
늘 그리운 사람

날마다 내 마음 설레게 하는
그런 사람이 당신이어서
난 참 좋아요

사랑 담은 우체통
- 정기용

오로지
그대 사랑만
담아 온
우체통에

이제는
내 사랑을 채워서
그대에게
반환하겠어

그대가
받는 그날
사랑 담긴 우체통에서
행복으로 넘쳐나게 해 주리라

홍탁

- 박세연

막걸리에 홍어
한 잔 쭉 들이켜니
몸 안에 있던 흑기사
성큼 걸어 나온다

평소엔 간질거려서
평소엔 기회만 보느라
평소엔 자존심 상해서

차마 못 했던 말이
봇물 터지듯

권고사직
- 박세연

박
세
연

인천광역시 연수구 거주

이리 뒤척 저리 뒤척
손꼽아 몇 날인가
굽이굽이 돌아온 길
장송되어 뒤를 보니
앙금 된 사연도 많아

너 잘났다 나 잘났다
소신 한번 못 세우고
상사 앞에 머리 조아리고
직원은 다독이기 바빠
내 주장은 언제나 뒷전

너도 좋고 나도 좋고
처자식 비위 맞추랴
검게 탄 이내 속은
어디 가서 보상받을까

자연은 진리다
- 박세연

씨앗을 뿌렸으니
싹이 트고
꽃이 피고
열매가 있는 게지

아비규환으로 뒤범벅된
급작스러운 현상
어쩌면
예견된 결과물인지도 몰라

가슴에 손을 얹고
양심에게 물어보자

우리들 편하자고
애꿎은 자연에게
상처는 심지 않았는지

씨앗을 뿌렸으니
싹이 트고
꽃이 피고
열매가 있는 게지

나보다 더 아픈 님

나보다 더 아픈 님을
이제는 보내드립니다

내 욕심 채우기 위해
님을 지켜보는 이기적인
마음도 내려놓습니다

붙잡고 있는다 해서
님이 행복하지 않을 거라는
해답 아닌 해답을 얻은 이유랍니다

해님은 낮에게 내어주고
달님은 밤에게 양보하듯
시절 인연이 여기까지라면
숙명으로 받아들이렵니다

흔히 말하는
사랑이 될지는 모르겠지만
님을 위한 제 마지막 결정입니다
부디 그곳에서는 마음껏 행복하소서

그 무슨 이유 거리가 되겠는가

- 박세연

해질녘 바람소리 요란하니

내 마음 깊은 시름 젖는구나

세상만사 평온하다

좋은 것도 아니요

세상만사 어수선하다

나쁜 것도 아니리

어떠한 계기로

내가 중심될 수 있으니

좋다 한들 싫다 한들

그 무슨 이유 거리가 되겠는가

헤어짐
- 이미자

길섶에
한들한들
노랗게
미소 짓는 민들레야

고운 햇살 머금고
배시시
미소 짓는
네 모습이 함초롬 하구나

모진 비바람 속에
짓밟히고 흔들려도
꼿꼿한
고운 자태

바람 싣고
햇살 품어

하얗게 하얗게
백발 되어

바람결에 한 올 한 올
흩어지누나
흩어지는 슬픔

삶이 저물어 가는
네 모습 같아
아린 가슴
쓸어내린다

이
미
자

경기도 고양시 거주

친구
– 이미자

네 마음이
내 마음 같은
친구

눈빛 하나로
한눈에 담을 수 있어
오래된 인연

때론
남편보다 더 좋고
가슴 깊이 헤아려 주는
속 깊은 우정

궂은 일 마른 일
앞장서서 함께 해 주는
고마운 친구
보석 같은 친구야

우리 해 지는 중년
노을이 진다 해도
우리의 우정 꽃
예쁘게 피우자꾸나

행복
- 이미자

햇살 한 줌
드리운 창문 너머
새들의 노랫소리가
마음의 창을 두드린다

머리 질끈
동여매고
된장 달래 뚝배기

보글보글
도란도란
아침이 주는 에너지

사랑하는
가족을 위해
맛있는 커피 한잔

믿음 속에 행복은
피어나고
1분 1초가 아까워
통통거렸던 시간

소중한 가족
함께 있을 때
당연한 것처럼 여겼던
소홀함들

소소한
일상이 주는
행복이어라

어머니
– 이미자

한 많았던 세월
삶의 무게가
당신의 어깨에
힘겨운 가지를
수없이 치셨지요

그 가지 하나가
잘못 될까
부러질라 노심초사
가슴은 숯덩이가 되도록
마르고 닳을세라

늘
사랑으로 감싸 주셨지요
이제 살만 하니
기다려 주지 않으시고

모진 세월 앞에
무너진 당신
주저앉은 모습에
하늘이 무너져 내립니다

언제 또 인자하신
모습을 볼 수 있을는지
그립습니다
어머니
어머니

애착

- 이미자

무엇을 얻고자 했던
몸부림인가
내 안의 갈등과 집착

변덕이란 놈이
이랬다가 저랬다
심술을 부린다

곳곳한 일념
어질지 못한 마음
욕심의 굴레 채우려
왔던가

하찮은 미물도
생과 사가 있어
머무르듯
내 한 몸 하잘 것 없는데

무엇이 두려워
애착과 애욕을 부렸던가
이내 한몸
바람처럼 물처럼
살다가

홀연히 떠나면
그만인 것을…

보금자리

- 홍기오

저 길 끝까지
가로등이 켜지기 시작합니다
창 밖 숨 가빴던 하루가
어둠 속으로 잠기는 것을
덤덤히 바라봅니다

따뜻한 커피잔
당신의 두 뺨을 어루만지듯
양 손 가득 안아 줍니다
진한 향 속에 녹아든
당신을 가만히 느껴요

이렇게 어제와 오늘을 쌓아
얼마나 긴 다리를 만들어야
그 세월을 건너 당신께로
갈 수 있나요

내 그리움의 터에 보금자리를
만들고 꽃밭 화사한 마음의
궁전을 지어 오색 등 곱게 달고
당신을 밝혀 두겠습니다

홍기오

경상남도 하동군 거주

밤비

— 홍기오

창가로 들이치는 빗줄기에
그대가 젖어 흐릅니다
어지러운 바람 사이로
내 그리움도 흔들립니다

만나고 헤어지는 반복 속에서
어찌 헤어짐만이
언제나 상처 같을까요

다시 만날 수 있을까
뒤척이던 숨결 사이로
전해오던 당신의 체온
나를 매만지던 부드러운 손길
많이 보고 싶습니다

창밖 빗줄기 속
애상은 어둠으로 가라앉고

차 향 가득한 당신은

기다림을 닮아갑니다

산사의 아침
- 홍기오

검푸른 새벽하늘
묵향 따라 숨차게 걸어올라
잠자는 내 안의
나와 마주 앉는다

깨어나는 아침의 기운
소리 없이 다가와
어둠을 걷어가고

햇살 퍼지는 법당 위
나를 반겨주는 처마 속 풍경
땡그랑땡그랑
청아하게 울리면

침묵하던 산자락의 아침
마음 잃은 나그네
법당에 엎드려
긴 상념에 빠져든다

장미

- 홍기오

널 닮아
마주 보기 많이 두려웠다

짙은 향에 취하고
붉은 꽃잎에
마음마저 내주고
가시 돋친
사랑도 믿게 만들었어

꽃 중의 꽃이라
아름답다 하지만
넌
여인 중의 으뜸이라

장미보다
네가 더 어여쁘더라

코스모스

- 홍기오

심술궂은 더위에 놀라
넘어진 거 같더니
살랑이는 바람에 시침을 뗀다

능청맞게 시린 하늘
언제 그랬더냐
춤추며 반기는 기색도 사연처럼
색색이라

지나간 뜨거움이야
깜빡 꿈이었나 또 속아 본다
살자고 그랬더냐

살아보자고
부러지지 않고 휘어가며
흔들렸더냐

가지마다 매달린

환한 얼굴들

하늘 높아 푸른 날

용케도 다시 만났구나

야생화
- 고금희

넌 누구니

그 작은
몸짓으로도
무지갯빛 찬란한
보금자리 언덕을
품었구나

그 안에
한 번도
불러보지 못한
삼라만상의 이름을
지어주는 작명소까지

넌 누구니

별이 되었다가
달이 되었다가
해가 되었다가
우주가 되어가는

그러니까

넌
누구냐고

고그미희

제주도 서귀포시 거주

그리움이란
- 고금희

두 눈이
꼭 마주쳐야만
웃나요

뒷모습을 향하여
손을 흔들어야만
보냈다 하는 건가요

꿈속에 그리며
보지 못해도
애타도록 소리 내어
불러보지 못해도

그냥
남모르게
미쳐가는 걸

그리움이라 했다

약속

- 고금희

내 나이
육십이 되는 그날

우체국 앞에서
만나자고
첫눈이 내린다면
더 좋겠다고

오지 않을 그날을
은하수 흐르는 하늘에
타임캡슐을 묻었다

잊고 살았네
접어 두고 살았네
소설 같은 그날을

미간이 아프도록
잠 못 이루는 밤
알고 말았다
그날이 온다는 것을

어쩌다 했을까
그 약속을

삭정이
– 고금희

너만 보면

마수걸이 못했지만
밑져야 본전으로
온기를 피워 주는
주인이 되어
널
보듬고 싶다

반쯤 휘어진 길이라도
지치지 않고
걸어 보고 싶다
널
붙잡고

독백

– 고금희

눈으로 말을 해도
들을 수 있고

손으로 말을 해도
들을 수 있는데

하물며
혼잣말인데
못 들을까

그러니
누구든
묻지를 마라

널
사랑한다고
고백할 테니

그리움의 추억
- 권경임

어릴 적 아버지는 집 앞에 오시면 막내딸을
부르신다
노란 주전자를 주시며 막걸리를 사 오라 하신다

술을 못하는 나는 아버지가 많이 드시지 못하게 철
렁철렁 넘치는 걸 홀홀짝 마셔본 기억이 스친다

어머니는 빵 속에 발효의 역할로 많이 넣으셔서 꾸
준히 만들어 주신 개떡이 생각난다
지금은 먹을 수 없는 그리움의 추억이다

가을의 향기
- 권경임

권경임

서울특별시 강서구 거주

　커피 향이 그리운 가을에 그리움도 한 숟가락 넣어서 임의 향기 그리워하며 솔솔 부는 가을바람 속에 단풍도 아름다워요
　인생의 가을도 스산한 바람이 정겨운 듯해요
　생각하는 계절
　사랑을 그리는 계절
　어디론가 걷고 싶은 계절 사계절의 별미인 듯해요

생각의 쉼터
- 권경임

겸손하고 배려하며
사랑하고 사르렵니다
때로는 먼지도 나겠지요

바람에 날리는지
비에 씻을는지
마음에 저장할지 모르겠지만
들으면서 익혀 가면서 사르렵니다
내 인생 여정에서

밤에 적막한 기슭도 괜찮겠지요
때로는 생각이란 쉼터도 있으니
우리 조금씩 나아가요
살짝 한 발짝

마음의 노크
- 권경임

고마우면 고맙다고 전하세요
고마운 마음이 습관이 되지 마세요

그대가 그럴 거라고 당연하다 생각하지 마세요

생각은 다 다르니까요
당신도 표현하세요

당연히 그럴 거라고 믿지 마세요

그대에게 한 걸음 다가가세요

조금이라도 내려놓으세요
어느덧 평화가 나를 반길 거예요

무작정 떠난 자연치유
- 권경임

마음의 저울이 힘겨워
무작정 나서는 바닷가
미세먼지 자욱한 아쉬움 속에
갈매기 날갯짓하며 울음소리에
마음의 환한
공창
이어라

소풍 가듯 맛난 묵은지 조림에
뜨거운 쌀밥 위에 올려 냠냠
탕탕 낙지에 참기름 묻혀
맛나게 냠냠
푸르게 푸른 사잇길에 노란 민들레꽃
예쁨이여
머리에 꼬아도 보고
꽃바람 시원도 하여라

고마워라
마음의
자연치유가
제대로네

삭제 그리고 비우기

- 권혜경

멀리서 그대의 소식이 들리네요
새로운 사랑과 잘 살고 있다고요

컴퓨터를 켰어요
그대와의 추억이 담긴 폴더에 마우스를 눌렀죠
그대와 함께한 많은 시간들이 삭제되는 건
3초도 안 걸리네요

삭제한다고 내 마음까지 지워지나요

나도 새로운 사랑하고 싶은데
내 마음 속 그대는 아직 지워지지가 않네요

컴퓨터의 휴지통에 숨어있는 파일에 비우기 버튼도 눌러
야겠어요

비우기 버튼까지 누르면
나에게도 새로운 사랑이 찾아올까요

비우기 버튼을 누릅니다
꾸욱!

권혜경

경기도 평택시 거주

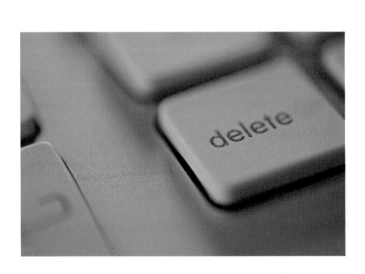

별이 빛나는 밤에

- 권혜경

까만 밤하늘에 별이 빛나면
그대 생각을 합니다
안녕 내 사랑 잘 있는 건가요

까만 밤하늘에 별이 빛나면
내 안에 그대가 들어와
함께 한 시간들이 통증이 되어
가슴이 아파와도
밤이면 그대가 더 많이 그립습니다

까만 밤하늘에 빛나는 별이
만약 그대라면
날이면 날마다
밤이었으면 좋겠습니다

와인 한 잔
- 권혜경

시간이 필요했다 내 마음 비우려고

질곡의 삶의 여정 가버린 추억들도

한 잔의 와인 향기에 가슴이 젖는다

대부도 해솔길

- 권혜경

솔밭길 사잇길로 펼쳐지는

쪽빛바다

노을빛 채색되어 바다는

황홀해라

갯내음 코끝에 담고 저벅저벅

걷는 길

다 쓴 치약

- 권혜경

너의 끝 보려고 한 내 욕심 어디까지

가위를 들이대며 더 내놔라

떼를 쓰니

끝내는 마지막까지 토해내는

너의 속살

들국화
- 김경미

그 삶에
작지만 커다란 사랑으로 피는
가냘픈 미소

노란 은행잎의 날리는 미소도
빨간 단풍잎의 쓸쓸한 아름다움도
그저
작은 몸짓으로 받아내는 너

싸늘해진 바람에
쓰러질 듯 버텨냄은
하얀 눈 내리는 겨울을 기다리는 마음

가을비
- 김경미

김경미

경기도 용인시 거주

이른 아침 나를 깨워내는 소리
미닫이 창틈에 톡톡톡 톡

미워할 수 없는 너의 차가움
온몸 다해 씻어내는 초록빛 기억들

아름다운 초록의 이별보다
더 깊고 따스한 갈색빛으로
나에게 다가오는 너

가슴 가득했던 여름의 기억을 잊게 해주는
가을의 사랑

동행
– 김경미

그랬다
처음부터는 알지 못했다

사랑하고 가족이 생기고 행복을 이어가고
20년을 함께 할 줄은
아이가 내 키를 넘어서고
젊었던 우린 희끗한 흰머리가 익숙해진다

나는 몰랐다
우리가 긴 시간을 이렇게 함께할 줄은
언제나 이렇게 어깨 마주하고
살아낸 날들 미소 속으로 기억할 날이
오고 있을 줄

그대도 나와 같은 마음인 것을

안개
- 김경미

무언가 숨기고 내어주질 않는다

잠깐 보자며 다가서면
어느 사인가 또 달아난다

따뜻함을 시샘한 장난꾸러기
잡히지 않는 숨바꼭질

이웃

- 김경미

남모르게 피어올라
얽힌 담쟁이

높은 담을 타고 넘어
쉬엄쉬엄 걸음을 옮겨
찾아가는 옆집 담장

구멍 난 가슴 메워주고
허물벗음도 감싸주는
따뜻한 초록빛

창문 곁으로 싱그러움이
흘러들어오면
어느 사인가 그 사랑에 묻힌다

말레이시아 길 위에

- 김성례

아스팔트 적막의 밤거리
어두움이 내린 한밤중에

말레이시아 길 위에
별빛 수놓은 밤 아름다워라

고향 하늘 붉게 물들인 노을빛
그리움으로 젖어오네
이국 땅 밤하늘 쓸쓸히 걸으며

김성례

인생살이 살 만하다 말하지만
흐르는 세월에 가슴 여미네

서글프다 살아온 나날들
검은 눈동자 방울방울 어린다

전라남도 여수시 거주

사랑이 지나간 그 자리
- 김성례

담장 넘어 휘파람 소리에
두 귀가 쫑긋 얼굴 내밀어
창밖을 내다보네

혹여 나를 부르는 휘파람 소리
그 바람 속으로 스며듭니다

가슴으로 다가서는 한 사람
핑크빛 가슴 물들인 나날들

겨울바람 나를 깨우며
눈꽃바람 속으로 숨어 우는 그림자

그리움도
아쉬움도
눈꽃 그림자 되어 소복이 쌓이고

사랑이 지나간 그 자리에
피할 수 없는 혼돈 속으로
검게 타 버린 구멍 난 가슴을 메운다

올해 내 나이 몇 해인가
- 김성례

내 나이 어디쯤에 서 있는가
2020년 경자년 첫날이 밝았습니다

올해 내 나이 몇 해인가(1954년)
이마에 두 손을 얹고서

이국땅 창가에 서성대며
덧없이 흘러가는 여정의 세월아

긴 한숨 모으며 하늘을 쳐다본다

들꽃 같은 청춘이여
들꽃 같은 사랑이여

가슴 깊이 묻어둔 그 이름 석 자
이국땅 밤하늘 노랗게 흐르네

별님도 숨어 버리고
달님도 꼭꼭 숨어 버렸네

별님은 어디에서 찾나요
달님에게 물어보고 싶은데

보일 듯 보이지 않고
가로수 불빛 아래 두 그림자

십 년 지나고
이십 년 찾아오면

내 모습 곱게 영글어 단장하여
하늘 높이 날갯짓하며 훨훨…

가을아 너만 가면

- 김성례

무지갯빛 수채화로 물들인
아! 가을아 너만 가면

예쁜 마음 내밀어 너와 손잡던 날
이슬이도 내려와 반기네

은빛 갈대바람 두 뺨을 스치며
아름다웠던 그리움 가득 담아서
사랑 노래 부르며 춤을 춥니다

그리움 빨간 단풍잎에 물들이고
이슬방울 노란잎에 노랗게
물들이고

찻잔 속에 어리는 단풍잎 하나
낙엽 타는 마음 찻잔에 담아버렸네

소낙비와 나
- 김성례

깊어가는 11월의 마지막 주
소낙비와 나 함께 걸었네

멈추지 말고 걸어봐 줘
낯선 비바람에 편지를 띄웁니다

그대 까맣게 나를 잊으셨나 봐

우산 속 여인이여
하얀 마음 물안개 피어오르네

하늘이여 하늘이시여!
고왔던 얼굴엔 어느새 연륜의 꽃
세상의 향기 담아 걸어갑니다

바다에 서서

- 김정순

무섭게 몰아쳐
부딪치며 깨어지는
너를 보며
내 젊은 날의 불같은
사랑을 본다

눈부신 햇살을 받아
빛나는 너를 보며
지난날 행복 했던 순간들을 회상해 본다

심오한 깊이를 품은
너를 보며
내 인생의
깊이를 가늠해 본다

제주 밭담

- 김정순

김정순

제주도 서귀포시 거주

거기 그 자리에
언제나 서 있는 제주 밭담

억센 비바람 모진 더위 견뎌내며
품속에 안은 씨앗
알토란으로 키웠네

아지랑이 벗하고
종달이는 노래하고
허수아비 춤추는 멋진 밭담 정원

어제오늘
그리고 내일도
묵묵히 품어 주는 엄마 품 같은
제주 밭담

들녘엔
- 김정순

묵은 억새는 힘없이 서 있는데
휭 하니 부는 바람에
흔들리는 억새야

세월이 흐르는 것이 아쉬워서일까
난 또
그 자리에 한참을 서 있었네

어쩜 저 억새는 나 자신일 수도 있음을
슬퍼 마라 늙은 억새야
모든 것은 순리인 것을

한때는 싱그러움이었지
풋풋한 너였지
괜찮아 억새야

난 지금의
너의 모습이 더 예쁘고
사랑스러우니까

겨울비 속에서
- 김정순

중년의 가슴에 겨울비가 내린다
내 곁을 떠나
미리내 속으로 가버린 당신

겨울에 내리는 비는
통곡의 핏빛이었다
봄비 속에 움트는 새싹을 보며

내일이라는 막연한 희망에
슬픔을 묻고
세월을 보내다 보니 벌써 중년의 나이

겨울비를 바라보며
그 긴 인고의 가슴 아픈 기억들을
잘 커준 아들딸에게 고마움을 보낸다

어느 가을 날
- 김정순

가을이 왔습니다
이글대는 여름은 참으로 길었습니다

저 들녘에
많은 소슬바람을 풀어

달콤함을 담은 과일을
싱그럽고 완숙케 하여

마지막 단맛은 과일 속에 스며
우리들에게 행복을 주지요

바람이 불어
나뭇잎이 날릴 때 우린 비로소

인생을 노래할 테니까
과일처럼 달콤하게

소확행

– 김효숙

늘 그립고 보고 싶은
당신이 있어 행복합니다
매일 아침 당신에게
안부를 물을 수 있어 감사하고
꿈과 미래가 있어 행복하고

오늘은 별일 없느냐
안부 전해주는 당신이 있어 고맙고
늘 가족을 위해 수고가 많은
당신이 있어 행복합니다

비록 몸은 가까이 없어도
마음만은 늘 함께하고 있는
당신의 따뜻한 온기를 느끼며
오늘 하루도 힘차게 시작합니다

매일 아침 행복을 전달해 주는
당신의 따뜻한 말 한마디가
나에게는 큰 행복이고 기쁨입니다

나 또한 오늘 당신에게
꿈과 희망을 전달해 줄 수 있는
따뜻한 내 사랑으로 당신을 위해
늘 기도하고 사랑합니다

비록 가진 것은 없지만
건강한 삶 속에서
열심히 살아가는 것도
행복이 아닐는지요

김효숙

경기도 고양시 거주

추억
- 김효숙

따뜻한 햇살이 비춰주던 날
내일을 위해 달려가는 삶
난 오늘도 새로운 마음으로
하루를 시작한다

내 젊은 날의 추억을 생각하며
추억의 앨범 사진첩을 보면서
잠시 옛 추억에 잠겨본다

강물 같은 세월이
물 흐르듯 스쳐 지나가듯이
영글어가는 포도알처럼
옛 추억이 새록새록 생각이 나는구나

아!
그 시절이 그립다
부모님 생각도 간절하구

학창시절 친구들도 그립고
모든 게 그리움뿐이네

시간을 다시 되돌릴 수 없을까
되돌릴 수만 있다면
그저 간절한 내 소망뿐일 뿐

산

- 김효숙

울창한 계곡 숲이 짙은 능선
자연이 만든 기묘한 풍경
가슴에 담고 산을 오르다

한 폭의 수채화에 뿌듯함
자연의 매력에 흠뻑 젖어 들었다
계곡을 끼고 발걸음을 옮기다 보니
청아한 물소리에
시원한 느낌이 가슴 깊이 스며들다

몸과 마음 영혼이 맑아지는 느낌
이래서 산을 찾게 되나 보다
산은 가고 싶을 때 아무 때나 찾아가도
항상 그 자리 그곳에 우뚝 서 있다

말을 하지 않아도
서로 마음과 마음이 통해

자연의 진리를 배우며
인간을 위해 존재하는 산

산천은 온통 푸른빛 맑고 고요하다
난 그런 산이 좋다
바라만 봐도 좋은 산
이게 삶의 행복이 아닐까 생각한다

초겨울
- 김효숙

물결치는 황금빛 노을
갈대바람 눈 내리듯
사르르 스쳐 지나가고

미풍 향기
붉은빛 노을 속에
따뜻한 햇살
해지는 노을을 보면서
깊은 상념에 잠기다

쓸쓸함과 아쉬움의 계절 속에
계절이 바뀌면 옷을 바꿔 입듯이
바람결이 달라지듯
또 다른 계절이 우리 곁에 찾아오고
쌀쌀한 기운이 옷깃을 여민다

저물어가는 저녁노을이 아름답구나
앙상한 가지 위에 서리 맞은 홍시감
이젠 완연한 겨울인가 보다

억새풀
- 김효숙

황금빛 햇살 열기
갈바람에 속삭이는
억새의 가을향언
여인의 갈대바람
살랑살랑 사르르
지나는 길손을 유혹하네

억새풀의 아름다움에 취해
마음껏 가슴에 담아
저녁노을 빛에 흠뻑 젖어
아름다운 경치에 빠져들다

강과 산 갈대숲이 자아내는
자연의 풍광 속에
감동의 물결이
내 가슴속에 깊이 파고든다

갈대숲이 사각거리는
소근대는 갈바람
행복한 마음 가슴에 품고
삶의 여정 끝이 없어라

추억의 비스켓
- 나정집

이별이 서러워 짝짓기를 시도한다
추억의 비스켓

비 오는 날의 이별을 생각하며
달콤한 사랑의 인연을 맺었다

COFFEE 한잔 곁들인 무수한 세월
다디단 맛에 할배 찾는 손주 녀석을 닮은
추억의 비스켓

내 님은 어디 가고 추억의 비스켓은
오늘도 드라이한 시간을 살찌운다

네잎클로버의 사랑

- 나정집

나
정
집

충청남도 보령시 거주

미친 여자 하나 들녘을 헤매다가

실신한다

꿈에 만난 사람은 날개가 넷이다

사랑할 수 있는 기회 목숨 바칠 마음

한 알의 밀알이 될 수 있는 기회

항상 감사할 수 있는 마음

곱게 눈짓을 한다

세상에 지천으로 깔려 있는 행복을 밟고 찾아와

실신으로 만난 행운

꿈이 꿈 아니기를

차라리 깨어나지 않았으면

나는 시인이 아닙니다
_사랑하는 나의 어머니
- 나정집

나는 시인이 아닙니다

내 영혼은 시 속에 함몰되어 시인으로 살다가 죽는 깃입
니다

나는 시인이 아닙니다

우리 오 남매를 낳고 환하게 웃던 어머니의 모습이 생각
납니다

나는 시인이 아닙니다

나에게는 우리 오 남매를 이 세상에 있게 한 어머니가 시
인입니다

오색무지개로 이 세상을 가득 채운 어머니가 오늘 문득
보고 싶습니다

어머니
사랑합니다

어제 죽은 이가
가장 가보고 싶은 오늘
- 나정집

어제 죽은 이가 가장 가보고 싶은 오늘이 왔습니다

오늘도 살아 있기에 누릴 수 있는 행복과
아침을 볼 수 있어 감사하고 행복합니다

붉게 물든 저녁 노을을 볼 수 있어
행복하고 꿈이 있어 행복하고
사랑할 수 있어 행복하고
봄 여름 가을 겨울 아름다운 세상을 볼 수 있어 행
복합니다

기쁨도 슬픔도 맛볼 수 있고
더불어 인생을 즐길 수 있는
친구가 있어 행복합니다

누군가 그리워 보고픔도 그리워

가슴앓이 하는 사랑의 슬픔도 살아 있기에 누릴 수 있는
행복입니다

어제 죽은 이가 가보고 싶은 오늘이 희망입니다

바람아 멈추어 다오
- 나정집

바람을 머리에 이고 있으면
말과 행동은 나의 육체를 붙들고
나를 사랑하게 합니다

나의 육체는 말과 행동을 안내하여
바람을 만나게 합니다

바람은
나에게 용기를 줍니다
담대함을 줍니다 믿음을 줍니다
힘을 샘솟게 하며 앞을 보고 나갈 수 있는 힘을 줍니다

바람에 춤추는 내가 아닌
바람을 향해 나아가는 내가 되어
웃음을 만들어 봅니다

오늘 나의 바람이 나를 춤추게 합니다

바다에서
- 박기선

우울한 하늘은

습성처럼 잦아드는 그리움에

떨고 있었다

바람마저 파도를 껴안으며 비켜 가지만

실상 젖은 가슴엔 아무것도 없었네

세상이 변하는 건

떠날 준비를 하기 위한 시작이라며

머언 비 내리던 계절로

가버린 친구야

낯선 얼굴들이 긴 잠을 부르고

우연이라도 반가운 그 어디쯤에 있을

너의 눈빛을 마주하다가

하나씩 밟히는 겨울은

그래도

네 것이 될 수 없어

내 것이 될 수 없어

시린 별이 가득한 밤으로만 찾았다

지금은 떠날 수 있다

바다는
바다일 수밖에 없어
끝이 없었다

박기선

경상북도 경주시 거주

갈대
– 박기선

속울음 파고 도는
네 몸짓 하나로
표정 없이 굳어간
밤을 낚는다

가슴에 저려오는
빈 웃음은
떨림으로 잠재운
영혼 무를 그리나니

눈 이슬 줍는 여윈
갈꽃으로 시들어도
다시금 일어서는
나의 연륜아

가녀린 어깻짓
당신 사랑 다함에
서걱대는 지친 울음
고개 내리니

갈대, 너는 요동하는
침묵의 기다림인가

겨울. 바다. 눈
- 박기선

~년 겨울 동안

바람은 늘상 시린 빛으로만

머물렀다

몇은 바다에 떠도는 짙은 싸락눈을 세고

몇은 차마 떨치지 못한

별리의 습성으로

끝내

아무 일도 없었던 그 겨울로

남아 있었다

사람들은 표표히

웃음을 흘리다가

눈발이 조금씩 바뀔 즈음이면

제각기 서로 다른 이름들로 사라지겠지

해도

떠날 수 없는 조용한 눈물 같은 것으로

이리 많은 아픔을 삭이며

날마다 누군가 쓰러지는

저 눈 바다에서

이젠 일어서는 얼굴로

어디서든 만날 수 있었으면 좋으련만

가없는 그리움만 내 깊이로

소리 내지 않고도 목이 쉰 채

저렇게 어둠을 다스리고

아무 일 아닌 듯

그저 남아있다 하겠다

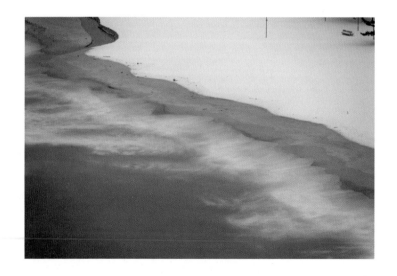

쉼

- 박기선

똑똑 똑똑
비 듣는 소리에
손을 내밀어
젖은 창문 너머로
너를 만난다

"나와 같이 먼 길을
바쁘게 달려왔구나"

괜찮아
조금씩 잊어가며
가쁜 숨 내어 쉬고

넉넉한 여유로움
지금은
쉼

함께이고 싶다

함께이고 싶다

봄맛
- 박기선

언 땅 언저리
영겁을 품고 나와
소금 꽃 뿌려가며
하품하는 얼굴로
고개짓을 하다가
차디찬 호미질에
몸을 맡기며
뿌리째 내어준다

연거푸 찬물 목욕
말없이 견뎌내고…

이번엔 정말 마지막이다

뽀글뽀글 뽀글뽀글
오늘은 봄! 맛!
이란다

섬 일몰

- 박성금

하루의 일과를 마치고
달려온 햇살
벌겋게 달이오른 얼굴을
바다에 담금질하고서
오늘의 마지막 숨 고르기를 하고 있다

너무나 지쳐 버린 탓일까
달궈진 심장을 주체하지 못해
발걸음 옮기지 못하고
섬 산등성에서 서성이고 있단 말인가

하지만 섬은 하루의 셈을 재우고
내일의 태양을 맞이할 것이다

홍도리엔

- 박성금

박성금

전라남도 신안군 거주

홍도리 등대길엔 원추리꽃 지천이다
　노송의 가지 위로 낭창하게 걸어가는 안개가 산허
리를 감돌고

　잠수하는 홍어 방어 볼볼락
　헐떡거린 소리
　전복 해삼 홍합 톳나물 따는
　해녀들 숨비소리
　바닷속 신비로움이 더해지는 곳

　후박나무 사이로 봄을 밀고 온
　햇살과 매미들 합창소리에
　홍도리에 봄이 낭자하다

계절이 흐르는 소리
- 박성금

얼음장 속 나무의 물관부에서
또르르 흐르는 생명의 소리
우 수 경칩 지나자
생명을 잉태하는 숨소리들

은빛파도 밀리는 해변으로
록음이 우거진 골짜기로
모여든 인파들 탄성으로
자연이 괴로워
몸살 앓는 소리

오색찬란한 산자락에
솔바람 타고 뒹구는
잎새를 보내야 하는
나목들 가슴앓이 소리

하얀 눈 흩날리는 날

조용한 찻집에서

따스한 차 한 잔 향기에 취해 책장처럼 넘겨지는 계절을
읽는다

천사대교

- 박성금

해조의 비상이 하늘 높이 날고
바람이 몰고 온 짠 내음과
하얀 파도 물거품이 너울거리고
어쩌다 새털구름 섬 산등성에 걸쳐 있노라면 한 폭의 동
양화를
마음에 담는다

바다 위에 떠있는 너를 만났으니
동심의 바다를 넘나드는
비행소년처럼 마음을 열고
달리고 싶지만 가로막는
과속 탐지기가 지켜보고 있구나

붉게 타던 석양은 쉼을 찾아
바닷속으로 담겨지면
고요한 바다 위에 영롱한 색채의
빛을 발산하니

계절 따라 꽃물 들인

1004개의 섬을 소통할 수 있는

1004 대교를 달려보자

여명이 열린 시간

- 박성금

새벽닭 울음소리와 함께
고요는 사라지고 빛이 열리고
몸과 마음 영혼이 하나 되어
새날을 맞이하는 경이로운 시간입니다

늘 반복되는 일상이지만
오늘 하루의 선물을 받고
고운 햇살을 맞으며
축복된 하루를 시작하렵니다

이른 아침 음미하는 찻잔에
고운 미소를 담고
오늘 하루의 무사함을
기도하렵니다

꽃길

- 박희란

엄마 조금만 날 풀리면 우리 같이
여행가요 따뜻한 온천 몸담아
세월을 적시고 향 진한 커피 한잔
딸들과 함께 들어요

저녁에는 노래방도 가실래요
외할머니가 좋아하셨다던 가는 세월
그 노래도 부르고 엄마로 살아가는
딸들과 추억을 담아 봐요

왜 진작 이렇게 못했을까
후회스러워도 우리 모른 체해요
웃음소리 섞인 지금의 이야기만
주름처럼 접어 주머니에 넣고 와요

환한 봄날 꽃들이 웃어 반기는
꽃길로 가면 더 좋겠지요
엄마
꽃눈 날리는 어느 날에 우리 모두
그렇게 환하게 피었다 와요

박
희
란

경
기
도
　
광
수
시
　
거
주

별리

- 박희란

내 마음을 다해 그대에게 달려가려니
그대 내게로 한 걸음만 와요
어떻게든 참아내 눈물 보이지
않을 터이니 그대도
젖은 눈으로 나를 보지 말아요

당신의 눈빛이 전하는
수많은 이야기를 놓치지 않으려
눈도 깜빡일 수 없어요
주신 사랑 넘쳤으나 아직
갚지 못하고 며칠 있다 보자
손 흔들며 인사할 수 없는 지금

이처럼 꽃 피는 봄날에
떠나지 말아요
검붉은 그리움으로 시샘 많은
꽃바람 속을 떠다니게 하지 말아요

오늘은 안 돼요
오늘 하루만 더 있어요

올케

- 박희란

너무 야위어서 가녀린 팔뚝이
난감해 가슴이 무너집니다
뜨건 물을 머리부터 맞으시며
이제 좀 살 것 같다 하시는 엄마

숨 쉬는 매 순간이 서서히
빠져나가는 걸 아시는 듯
마주 앉으면 당부만 늘어갑니다
내 딸 둘하고도 안 바꿉니다

고맙다는 말을 건네기도 어렵게
딸보다 살가운 우리 올케
혹시나 싶어 마지막 인사를
미리 전하십니다

아가
고맙고 고맙다
네 신세를 너무 많이 지고 가는구나
부디부디 복 많이 받거라
터지는 울음을 참느라 잘 웃던
올케가 아무 말이 없습니다

봄… 그리고 겨울
- 박희란

기다리던 어여쁜 꽃들을
뜨겁게 반기며 사랑했지만
떠날 때는 인사의 말이 없었다
걸음을 잡아 세우던 짙은 향기도
시린 겨울을 견뎌낸 빛 고운 꽃잎도
가슴만 적시고 홀연히 사라졌다

한 장씩 열리던 꽃잎들이
바람에 흩어지는 아픔으로
지난 시간들을 쉽게 잊은 참회가
오가는 마중길에 쌓이는
이야기처럼 애달팠다

다시 오마는 약속이 없어도
바람의 걸음으로 세월이 쫓아와
길고 긴 불면의 밤을 채우고
제 몫의 사랑에 충실한 연인처럼

오가는 계절의 반복이
이제는 익숙해진다

불일암에서

– 박희란

무얼 애타게 찾고 있었던가
잊어버렸습니다
왜 예까지 왔느냐고 물으신다면
빗물 떨어지는 처마 밑
의자에 잠시 앉았다 가지요

세상을 밝히신 빛 따라
물안개가 피어 마음으로
이만큼 담았으니 이제
더 욕심이랄 게 없을 것 같습니다

샘물가 작은 바가지로
목 한 번은 축이고 갑니다
후박나무 아담한 정원
평온한 그 마음을
꼭 닮은 듯합니다

짧은 인연

- 신원수

애간장을 태우며 사랑을 안겨주더니

내 모든 것 다 주고 나니
뒤도 돌아보지 않고서
떠나버렸네

좋은 곳으로 잘 가라고 그곳에선 아프지 말라고 눈물로
배웅을 하면서

하늘도 무심하다며
짧은 인연을 탓하며

그곳이 좋은 곳이라면 내가 먼저 갈 것을

난 아직 줄 것이 많이 남았는데
어디엔가 여행을 떠난 것처럼

짧은 인연에

아직도 미련이 남아

신원수

서울특별시 은평구 거주

아버지의 생일선물
- 신원수

아들에게
꿈속에서 만나자고 약속하고
잠자리에 들어보지만

사랑하는 아들은
아버지의 약속을 외면한 채
형상조차 보이질 않네

그곳의 생활이
바빠서일까
좋아서일까
편해서일까
막둥이라 힘들어서일까

또다시
오늘 밤에는 꼭 만나자고
무언의 약속을 해본다

사랑하는 아들에게
오늘은 아버지의 생일선물로
한 번만 만나자고

애원을 해본다

아들의 미소
- 신원수

아들
지난번에 왔다가
토요일 날 온다고 약속했지
오늘이 토요일이구나

아들을 보러 와
희탁아 아빠 왔다 하고 불러보지만 아들은 아무 대답도
없이
미소만 지어 보이는구나

아버지 오셨냐고
보고 싶었다고
어젯밤 추웠다고
미소로써 대답을

무언의 대화를 나누고서

사랑하는 아들
또 올게, 하고 인사를 건네자

또 언제 올 거냐고
조심해서 가시라고
사랑하는 아들의
미소인사가

눈앞에 아른거리는
백만 불짜리 미소

사랑의 꽃
- 신원수

피어보지도 못한 채
민들레 홀씨 되어
바람 따라 구름 따라
정처 없이 떠나버렸네

잡을 수 없는 안타까움에
그리움은 멀어져 가고
사랑의 발자취 지울 수 없는
마음은 아쉬움만 남아

내 마음 갈 곳을 잃어
바람 따라 구름 따라
떠나버린 그리움은
가슴속 깊이 묻어 두고

애틋함을 담아 불러본다
사랑하는 아들아—

꿈속에서 만나자고
애원 또 애원해 본다

한 번만이라도—

밀짚모자
- 신원수

배꽃은 피어
잉어 비늘처럼 휘날리고

모두들 새우등을 하고
고추나무 심느라 분주한데

원두막 처마에
외로이 홀로 걸려

영영 돌아오지 않는 주인을 기다리며 바람결에 흔들리네

나의 주인은 언제나 오시려나
허수아비라도 좋으련만

기약 없이 기다리는
주인 잃은 밀짚모자

길
– 이명순

흙먼지 흩날리는 신작로
까르르까르르 소녀들의 등하굣길

삽 한 자루 둘러메고 논밭을 터벅터벅
아버지의 울퉁불퉁 자갈길

날마다 자식 위해 기도 드리러
다니시던 엄마의 애달픈 길

하루도 빠짐없이 새벽예배 다니던
오빠의 희망길

시집간 언니가 뛸 듯이 빠르게
친정 오던 길

반듯하고 깔끔하게 포장된 그 길을
쏜살같이 달리는 자동차들

그 길 따라 추억도 세월도
눈 깜짝할 사이에 지나간다

이명순

경기도 수원시 거주

143

그날처럼

– 이명순

한적한 시골 다방
건강하게 오래오래 함께 하자며

두 손 꼭 잡던
그날의 약속처럼
쉼 없이 걸어온 시간

희로애락 겪으면서
아쉬움 가득 행복 가득

서로 아껴주며 배려하고
같은 취미로
늘 곁에 있어 주는 나의 사랑

붉게 물들어 가는 석양을 바라보며
오래오래 손을 잡아본다
살며시 미소가 번진다

봄비 따라오시는 님
- 이명순

잠 못 이루고 뒤척이는 밤
창문 두드리는 소리에 귀가 쫑긋

밖으로 나가 보니
봄비가 보슬보슬

그리운 내 님
봄비 따라 오시는가

반가워 한동안 밤하늘을 바라본다

짝사랑
- 이명순

간지러운 고운 햇살
싹트는 나만의 씨앗

따사로운 그대 향기에
활짝 피어난 해바라기 사랑

까맣게 까맣게 영글어 가는
그대 향한 그리운 마음

외로운 밤이면
별들 사이를 헤매보건만

저 별과 달처럼 가까이 갈 수 없어
지친 마음 기댈 곳 없네

반짝이는 은하수에
그리운 사연 종이배 접어
띄워볼까나

겨울 끝자락에서
– 이명순

변덕을 부리는 꽃샘추위
다가온 봄이 얄미워
휘몰아치는 눈 폭풍

눈부신 자태의 설경
하얀 세상 무지갯빛 사랑
하얀 발자국 하얀 추억

봄의 언저리
희망을 꿈꾸며
그대와 겨울 여행

손이나 한번 흔들어 주렴

- 이승화

구름 정자 요람에 누워
햇살의 토닥임에 잠이 든다

바람이 불고 비가 와도
왜 우산이 없냐고 묻지를 말고
가는 세월에 손가락을 꼽지도 말고
검은 머리에 하얀 서리 내려도
찬바람에 주름진 귓불 붉어도
그저 입꼬리 올리며
씩 웃는 미소 한 번이면 족하네

새벽이 익어 붉은 해가 떠오르거든
밤을 지켜준 별들에게 감사하고
멀리 기러기떼 무리 지어 날거든
그냥 잘 가거라
손이나 한번 흔들어 주렴

동행
– 이승화

세월에 등 떠밀려 지금 서 있는 여긴 어딘가
지난 세월아
너는 바람에 스친 눈물이구나

하얀 눈 속에 얼음 신발 신고
신비롭게 박자 타는 새소리로 옷 해 입고
눈이 시린 신록의 솔 향수에 취하니
나는 신선이어라

거듭되니 고운가
어울리니 고운가
자연에 흠뻑 젖으니 고운가

함께 가는 멀고 먼 여행길

여보
이 꼭 잡은 두 손에
내 마음은 영원히 시들지 않는 봄이라오

경상북도 김천시 거주

님아

- 이승화

봄이 내린 길로 돌아간 단풍 흔적 없고
가을 하늘 붉게 태우던 저녁노을 그리운 밤

버거운 사랑 마른 눈물로 다독이는
님께 나는 무엇입니까

짓이겨진
잠 못 드는 긴 겨울밤
머릿속에 촛불 피워 남아있는
잿빛 추억을 사른다

대숲에서 소리 내어 우는 바람아
앙상히 지난 청춘을 그리워하는 나무야
달빛에 하나 내세울 것 없는 넓은 들아

겨울 속에 사라진 것이 어디 너희뿐이랴

설렘이 태운 가슴으로 만든 님아
아파 입술 새파래도
눈시울 젖어도
나보다 더 아플 당신으로 위로 삼는
선밤 핏발 서려 별만 헤이는 나는
당신과 함께 간 소풍 같은 추억 속의
겨울입니다

좀 쉬었다 가세요

– 이승화

어둠이 배가 불러
해를 낳을 때
나는 두 팔로 가늠할 수 없는
길고 큰 기차에 올랐다

아무것도 궁금해하지 않았고
누구도 부럽지 않았다

가끔씩 창가에 스치는
그날의 착각 같은 풍경에
건조한 미소만 고독을 즐겼고
쓴웃음만 차창을 수놓았다

가끔 독백 같은 중얼거림으로
지나간 삶에 의미를 물었고
갈 길을 궁금해하진 않았어

나를 닮은 빛바랜 별 하나 머리에 얹고

바람이 만든 숲

구름이 만드는 하늘 이불을 덮고

지그시 눈 감으매

나는 이제 천국으로 간다

노을

- 이승화

모카향 식어가는 커피 한 잔에
녹아내릴 가을이었던가

찰나의 희열은
그네들이 감내하는 고독한 아픔

지난 청춘은 다시 필 청춘을 위함인데

온 산을 다 태웠다고
밤도 잊은 채 하늘까지 불살랐다고
아침에 비를 뿌리진 마라

일곱 색깔 무지개다리 건너
녹음 짙어 시린 눈을
모카향 피어나는 커피 한 잔이
보듬네

코로나 19!!
– 이예령

자고 나면
늘어나는 감염자 수
어디서 왔길래
이렇게 질기냐

몇 달을
벼르던 방콕 여행도
물거품 되어
방구석에 콕 박혔다

넌 도대체 누구니
이제 그만
사라져다오

백고무신을 신었더니
흔적도 없이 사라졌다

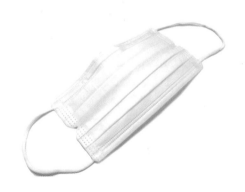

 (mask image) not text

인생 시작이야!!

– 이예령

울산광역시 거주

어쩌죠!

나이 50에

이제서야

알았다네 인생을

오래된 책장 속

고이고이 묻어 둔

깨알 같은 추억을

밤새워 재잘거릴 소중한

벗님과 함께

손잡고 함께 할

토닥이면서 함께 할

자!!

지금부터

인생 이야기 시작이야

봄이 오는 소리
- 이예령

살얼음을
헤치고
돌돌돌
흐르는 골짝의 물소리

웅크리고 있던
가슴을
활짝 여민다

남녘에서
불어오는 바람과
논두렁에 내리쬐는
따뜻한 햇살

파릇파릇 보리밭엔
가물거리던 아지랑이가
눈 감으니

스르륵

내 어깨를 감싼다

소나무야

– 이예령

일생을

한결같은 맘으로

세상을 바라보는 당신

좋으면

좋다고도 않고

싫으면

싫다고도 않는

언제나 한결같은

곧은 맘

추위도 참아내고

더위도 견뎌내는

가는 허리

맨발로 죽을힘을 다해

바위를 뚫고

살아가는 장고한 세월

그대의 몸에서 뿜어 나오는
은은한 향기는
최고의 선물

바로 '피톤치드'

타로카드와 인생
- 이예령

바보는
나의 인생 여정이다

태어난 삶
깨달아 가는 삶
미래는 내가 만들어가는 삶

타로카드로
나를 알고
나를 철들게 하고
나를 깨우치게 한다

나는 알았다
내가 태어난 이유를
진리를 배워서
가르치는 일임을

인생의 때를 배웠다
기다리고 인내 할 때
조화와 균형을 이룰 때
앞으로 나아가야 할 때를

타로카드 속
바보의 여정은
긴긴 나의 인생여행
오늘도 세상 속에서 영글어 간다

만찬
- 정향옥

가마솥의 닭백숙으로 만찬
한 사람 두 사람씩 10명이 모여 저녁식사를 하고 황토방
으로 자리를 옮겼다

오골계처럼 닭이 검게 변했다
찹쌀죽보다 닭고기와 국물을 더 좋아한다

과일과 커피를 황토방으로 보내고
남은 국물과 반찬은 술안주다

황토방에 갔겠다
밤샘을 하면 하고 말면 말고
뒷설거지를 해 놓고
내가 자고 싶을 때 잘 거다

홍매화
– 정향옥

정향옥

울산광역시 거주

홍매화가 정열적으로 다가온다
너의 매혹에 넘어 갈꼬야
너를 보고 어떻게 밀어낼 수 있겠나

봄 맞으러 오면 받아 주고
가면 가는 대로 보내 줄게

어쩌자고 그리도 예쁘냐
봄 햇살의 한낮에 보면
감추려고 해야 감출 수 없는
누가 뭐라든 너를 보면 설렌다

풀… 生命… 그리고… 삶
- 정향옥

땅 위의 풀이 아닌
도로 위의 풀~!

풀
生命… 삶

우리가 다니는 인도에서 예쁘게 자란
이름 모를 풀이라고 하지요.

하지만 풀이라고 하기엔
너무나 가혹하네요

흙이 아니라 시멘트 사이사이에
생명의 꽃이라고 부르고 싶어요

하나의 생명을 유지하려고
이렇게 어려운 삶으로 살아가는

한 포기의 이름 모를 풀을 보면서
바람과 공기 햇볕 하늘과 땅

우리는 이 좋은 넓은 환경 속에서
얼마나 행복하게 살고 있는지

길을 걸으면서
행복이라는 단어를 떠올리면서
콧노래를 부르며 오늘도 걷고 있다

그랜드로 가면서

책갈피
- 정향옥

책갈피! 나의 솜씨 자랑!
책갈피를 나눠 드릴까요!

신문 잡지책 예술회관 책… 등등
특히 예술회관에서 보내오는 책은
한번 읽고 버리기에 아까운 책이라서
모아도 두었구여…

좋은 글귀 사진을 모아서
책갈피를 만들었어요

참 이쁘죠
덧글을 올리시면 드릴까요

코로나 이겨내자! 하면 된다

- 정향옥

코 - 코 입 귀 우리 몸의

　　뚫린 구멍은 다 조심해야 한다

로 - 로프처럼 줄줄 이어진 우리 몸

나 - 나, 너, 우리 모두

　　코로나 -19를 빨리 물리치자

하 - 하루하루를 잘 살아야 되지요!

면 - 면역력 높여 주는 우리나라 토종음식

된 - 된장찌개처럼 구수하게

다 - 다 같이 우리 그렇게 살아가요!

　　오늘 내리는 봄비야

　　코로나 바이러스를

　　깨끗이 씻어 주고 가거라

꽃샘바람이 오려나
  - 주종순

늙은 겨울이 꽃샘바람을 토한다
안타까운 지난날의 연민일까
흘러가는 구름의 탓도 해보지만

찬 이슬 움켜쥔 겨울은
미련스럽게도 떠나질 못하고
오려는 봄을 시샘하여 심술부려도
봄의 발길은 거침이 없네

그리움에 사무친 홍매의 화사한 미소도
새초롬히 벙글은 목련의 날갯짓도
미련한 겨울을 살포시 다독이네

봄 햇살의 따스함으로
겨울 나그네의 발길을 서두르고
꽃샘바람 지나간 길목엔
올망졸망 꽃망울 맺혔네

봄의 향기
- 주종순

봄이 온다는 소식에
화들짝 놀란 겨울이
꽁꽁 언 얼음물 속으로

개울물 흐르는 소리에
대지는 봄을 불러
온통 연초록 잔치를 펼치고

머무는 곳마다
봄의 향기를 발산하며
파릇한 풀 내음도
화사한 꽃 내음도

봄을 마음껏 누리며
산하를 초록으로 감싸 안으니
봄의 전령 앞에서
모두가 축배를 외치네

서울시 강서구 거주

171

아버지 가신 날에
- 주종순

아버지 가시던 날에
하늘도 슬퍼 비바람 치며 울던 날
어느새 하늘가엔
영롱한 무지개다리 놓으셨네

자식들에게 바람이란 오직
정직하고 아름답게 살라하시며
오색빛 찬란한 무지개 선물 주셨네
나의 아버지시여

육이오의 총탄 속에서
나라 위해 싸우신 아버지
이제 세상과의 인연 다하시고
홀연히 하늘 부름받아 가신 님

대전 현충원 그곳에
나의 아버지 잠드셨네

모든 시름 다 놓으시고

고이 영면하소서

나의 아버지 사랑합니다

용서의 마음

– 주종순

나를 미워하고
시기하는 사람들을
내 가슴에 담아두면 뭐할까
내 맘만 아프지

나를 시샘하고
비난하는 사람들을
내 마음에 담아두면 뭐할까
내 맘만 괴롭지

삶이 다르고 인격이 다른 것을
남을 비난하고 시기하며
살아가면 마음이 편할까
나만 괴롭고 힘들지

나도 누군가를 나도 모르게
미워하고 원망할 수 있으니까
자신을 위해 용서하고
자신을 위해 또 용서하리니

봄이 오는 길
- 주종순

봄이 오면
오신다던
그 사람

이른 새벽
날도 밝기 전 오롯이
밤길 밝혀서

은하수 별빛
불 밝혀서
내게로 달려오셨네

보고 싶은 마음에
한달음에
달려오신 내님

목련이 필 때쯤

– 최승미

모두가 숨죽인
적막한 도시

보이지 않는
거대한 공포

웃음도 가리고
침묵하는데

앙상한 가지 위로
뾰족이 고개 들어

어지러운 세상
한줄기 빛 되어

따뜻한 봄 향기
희망을 보여주렴

눈꽃

– 최승미

봄기운에 그냥 떠나기는
아쉬운 이별이었구나
밤사이 조용히 찾아와
겨울 산 하얗게 덮어놓았다

흐드러지게 피어난 순백의 꽃
반짝이는 보석 선물주고
처음 그 느낌 감출 수 없어
사랑한단 한마디에
눈물 흘리며 이슬처럼
사라질 애잔한 꽃이여

인천광역시 거주

빅토리아 연꽃

- 최승미

별빛도 내려앉은 어두운 밤
누구의 눈길도 거부한 도도한 자태
가시로 몸을 두른 제 살을 찢어내고
스스로 순백의 아름다운 빛을 발한다

정적을 흔드는 바람에조차
흔들리지 않으려 처연한 눈망울로
목을 세우고 꼿꼿한 모습으로
조심스럽게 대사를 기다리며

자줏빛 화려한 적의를 갈아입고
숙명적인 권위와 세련된 품위로
연잎 배 띄우고 뱃머리에 앉은
고운 자태 우아하고 신비롭구나

엄숙하고 화려하게 왕관을 쓰고
헤아릴 수 없는 수심 깊은 늪으로

쓸쓸하게 스러짐이 서러울진데

초연하게 자취를 감춘 신비의 꽃

가을앓이

- 최승미

이유 없이 가슴이 시리고
마음 한곳이 텅 빈 듯 공허하다
누구를 그리워하는 것도 아닌데
바람에 흔들리는 낙엽이 그렇고
견디지 못하고 떨어지는
가을 잎이 슬프기만 하다

떠나갈 가을 앞에서 이별의
슬픔이 느껴지는 걸까
왠지 모를 그리움은
쌓여만 가고 짙어진
가을 끝에서 빈 마음 채워줄
누구를 기다리는지

금방이라도 쏟아질 것 같은 눈물
가을은 이별이 아니더라도
기다리는 이 없어도
마땅히 갈 곳이 없어도

자유롭게 여행 중인 바람을 따라
어디로든 떠나가고픈 계절
바람에 그렇게 더해가다
더 깊은 가을을 만나 쓸쓸히
차라도 한잔 마시고 싶다

구절초

- 최승미

가을 여인 하얀 옷자락
옥정호 길섶 산기슭에

화려하지도 않고 청초하고
소박한 모습의 여린 미소

쓸쓸하게 불어오는 소슬바람
꽃잎은 소리 없이 흔들리고

솔숲 솔향 바람의 길목에
부드러운 구절초 향 그윽하다

구절초 동산에 가을이 앉으면
깊어가는 가을빛을 끌어안고

투명하고 맑은 햇살 사이로
하얗게 새어드는 그리운 사연

구절초의 미소를 품은

아름다운 이 가을에 쏟아 놓으리

곡신(谷神)

- 최중환

이팔청춘에 시집오신 어머니

고운 얼굴 간데없고
그늘진 주름만 깊게 패였다
올망졸망 가슴으로 안으시고
눈물 보인 적 없는 어머니

한숨은 먼 곳에 토해내고
새벽부터
허리가 휘어지도록
고생만 하신 어머니

걱정만 안겨드리다
넓은 우주 속 별이 되신
빛나는 별

가슴 깊이 묻고

애틋함 담아 불러보는

곡신(谷神)의

별 중의 별, 나의 어머니

여운(餘韻)
- 최중환

사랑과 미소로 가슴 설레게 하는
보름달만큼의 예쁜 미소는
활짝 핀 봄꽃

포옹한 채 녹아드는
심장의 열쇠를 가진
행운의 여신은 보석

담을 수 없는 안타까움에
속삭임은 멀어져 가고
별빛은 소리도 없이 사그라든다

뭉글진 가슴에 꽃은 피어도
떠난 발자취 지울 수 없는
가여움에 고개 숙이고
떠오르는 달을 보며 소원을 빈다

볼 수 없는 기다림에 꽃은 기울고
다독이던 손마디에
찢긴 상처는 아물지 않는다

불러보는 메아리 귓전을 맴돌 뿐
그대는 꿈속에 둥지를 틀었다

그대라는 꽃
- 최중환

높은 가을 하늘 아래
그대 모습
햇살보다 더 빛나는
시들지 않는 한 떨기 꽃

늦가을 미소 짓는 국화꽃보다
더 아름답고 소중한 꽃

가을 끝자락 찾아온
순백의 꽃으로 곱게 피어날
그대라는 꽃

가장 부드럽고
떨리는 목소리로
사랑한다고 말하고 싶다

그대를 향한

내 깊은 영원한 사랑

영원히 잠들지 않도록

가을비 추억
- 최중환

가을비 내리는 이른 저녁 퇴근길

문득 생각나는 파전에 동동주 한잔 입맛을 달군다.

추적추적 내리는 비에 젖어
들른 아담한 주점

파전 익는 소리 빗방울에 담아

옛날 할머니께서 해주시던
파전과 녹두전의 아련한
추억으로 파노라마를 그리는 날

한잔 또 한잔 마시는 서민의 애환이 녹아내리는 술잔

가슴에 파고드는 숱한
슬픔과 기쁨 가을비 추억으로
승화되어 솟구친다

쉬었다 간다
- 최중환

허름한 나루터 다가오는 쪽배를 본다
찌그러진 의자에 앉아
움츠린 가슴으로 숨을 쉬고

아지랑이 피어오르는
황금빛 아침
살포시
미소를 머금으며 손짓한다

댕기 묶은 아가씨
윙크하는 강가에
버들강아지 눈을 뜨고
홍매화 슬픔을 모른 체
꽃망울 부풀리는 언덕길

행복한 나들이

권선복

충남 논산 출생

아주대학교 공공정책대학원 졸업

연세대학교 산학연 기술개발센터 자문위원

중앙대학교 총동창회 상임이사

자랑스러운 서울시민상 수상

2018년 TV조선선정 대한민국을 움직이는 영향력 있는 CEO

도서출판 행복에너지 대표이사 happybook.or.kr

지에스데이타(주) 대표이사 gsdata.co.kr

대통령직속 지역발전위원회 문화복지 전문위원

새마을문고 서울시 강서구 회장

영상고등학교 운영위원장

전) 서울시 강서구의원(도시건설위원장)

전) 팔팔컴퓨터전산학원장

긍정의 힘

- 권선복

우리마음에 긍정의 힘을 심는다면
힘겹고 고된 길 가더라도 두렵지 않습니다

그 어떤아픔과 절망이 밀려오더라도
긍정의 힘이 버팀목 되어 줄 것입니다

지금 당신에게 드리겠습니다
열린 마음으로 받아들일 수 있는 긍정의 힘
두 팔 활짝 벌려 받아주세요

당신의 마음에 심어진 긍정의 힘이
행복에너지로 무럭무럭 자라날 것입니다

197

행복을 부르는 주문
- 권선복

이 땅에 내가 태어난 것도
당신을 만나게 된 것도
참으로 귀한 인연입니다

우리의 삶 모든 것은
마법보다 신기합니다
주문을 외워보세요

나는 행복하다고
정말로 행복하다고
스스로에게 마법을 걸어보세요

정말로 행복해질 것입니다
아름다운 우리 인생에
행복에너지 전파하는 삶 만들어나가요

아름다운 사람
- 권선복

아름다운 사람이 되고 싶습니다
나의 말 한마디에
모두가 빙그레 미소 지을 수 있는 힘을 가진
아름다운 사람이 되고 싶습니다

내가 보인 작은 베풂에
모두가 행복해할 수 있는
선한 영향력을 가진
아름다운 사람이 되고 싶습니다

말보다 행동보다
모두에게 진정으로 내보일 수 있는
아이같은 순수함을 지닌
아름다운 사람이 되고 싶습니다

김기순

춘천 백양리에서 태어났다.
김유정문학상을 수상하고 '순수문학'으로 등단하였다.
29년간 강원학생교육원에서 근무했었다.

출간 저서로는 『젊은 날의 회전목마』『아궁이 속에 지핀 사랑』『한줄기 햇살 굴려 여기까지 왔다』『살다 보니 아쉽더라』가 있다.

현재는 호반 시 낭송, 여성문학, 춘천 문학, 강원 펜 문학, 사무장, 구연동화 활동을 하고 있다.

홀로 살아가는 법
- 김기순

쑥 향기 가득한
텃밭에 가면 당신이 있습니다.

내가 텃밭에 자주 가는 이유는
당신이 심어 놓은
명이나물, 두릅, 씀바귀가
나를 반기고 있기 때문입니다.

봄꽃들은 이 산 저 산
활짝 피어나고 있는데
당신은 어디에 있나요

이무리 찾아도 보이질 않아
혼자 살아가는 법을
텃밭에서 배우고 있습니다.

밭 갈고, 비닐 씌우고, 감자, 옥수수, 심으며
가을에는 수확물을 이웃에게 주기도 합니다.
그것은
당신의 마음을 전해 주는 것이기 때문입니다.

김기순

오월

- 김기순

장미꽃 서럽도록
붉게 타오르는 오월

가신 님 잊으려
시화전 열리는
약사천변을 거닌다.

개천에는
노란 꽃, 붉은 꽃, 하얀 꽃들이
서로를 보듬으며 사랑을 노래하고

풀과 풀 사이에는
한 줌의 재로 떠난
임의 향기가 눈물로 피어난다.

이제는
안을 수 없는 임이기에
임의 그림자에 초록으로 눕는데

꽃과 꽃 사이에는
임의 향기가
가슴 깊이 도랑을 내고 있다

밤나무
- 김기순

늙은 텃밭에 오면
톱질 소리가 들린다.
사형선고도 없었다.

중풍으로
거동이 불편한 남편에게
생을 다한 밤나무

동그란 밑동을 볼 때마다
남편이 환하게 웃고 있다.

텃밭에 오면
굵은 밤톨을 떨어뜨려 주던 밤나무
밤하늘에 송송이 꽃으로 피었다.

내 가슴에 심어 놓은
붉은 가시나무 한 그루
그리움의 꽃으로 피고

그 속에 앉아
하늘 우체통에 편지를 넣는다.

효산 김블라시오

본명: 김성준(金聖俊)

부산 출생, 군 생활 35년 정년퇴직(육군원사), 2009.9.30 전역
국가유공자(보국훈장, 보국포장, 대통령표창 등 55회 수상)
이라크파병(1진~2진)1년 9일(아르빌)/자이툰 부대 창설요원
경성대 무역대학원(국제경영학 석사)/방송통신대 경영학과 졸업
경남고 부설 방송통신고 7회 졸(경심회 수석부회장)
부산가톨릭대 신학원 야간 16기 졸(선교사, 교리교사 자격증)
동아대 대체의학전문가과정, 경원대 경영관리전문가과정 수료
가천대 유통관리전문가과정, 신라대 산야초전문가과정 수료
신라대 명리학심화과정 수료, 군문연 나라사랑명강사과정 수료
고려대 명강사 최고위과정 1기 수료(1기 동기회 4대 회장)
마음경영연구소장/T. L. C 아카데미 원장/인성교육 전문가
시인 등단(2008. 3)/수필가 등단(2009.3)/자유기고가/칼럼리스트
한국시낭송회 부회장/새부산시인협회 이사/ 부산문인협회 정회원
한국상고역사교육원 부산원장/한자속성교육원 부산원장/교수
(사)대한민국 리더스 아카데미 공동대표/교수
한자속성교육 지도사, 양면이론 등 52개 이론 창안
(사)국민성공시대 명강사8호/지필문학회 상임고문
심리상담사 1급/발건강관리 1급/레크리에이션지도자 1급
웃음 치료/유머 코치/박수 건강/인성교육 지도사
서울시인대학 부학장/교수/부산분교장/상임고문
신라대학교 평생교육원 한자속성지도사과정 주임교수
대한민국 100인 힐빙포럼 회장/약선힐링센터 고문(경주, 언양)
대한민국 뉴스타강사협회 회장
공저: 서울시인대학 사화집 『첫 만남의 기쁨 1 ~ 8』
      (사)국민성공시대 『명강사 33인』 공저(2012~2015)
* 1,000회 강연 (2016.12. 6. 한국상고역사교육원 강의장)

주은이 태어난 날

- 김블라시오

일곱째 손자가 태어난 잊지 못할 오늘
이천이십 년 이월 삼일 오후 네 시 이십칠 분
서울 현대 아산병원 신생아실

큰아들과 며느리의 세 번째 아기
태명이 새일이… 영적으로 얻은
존귀한 아기라고 지은 태아 이름
주님의 은혜로 얻었다고 '주은이'로 작명

귀한 탄생을 축하라도 하듯이
어제까지 그토록 매섭던 겨울 날씨도 쾌청
산모도 건강하고 새일이도 정상 분만

걱정 반 기대 반으로 마을을 졸였던
손자의 탄생 소식에 얼마나 기쁘고 감사한지
기도밖에 할 수 없는 부족한 나와 아내이지만

모든 영광을 하나님과 하늘나라 부모님께
감사와 찬미 영광 드리며 우리 집안에 태어난
새일(주은)이를 정성껏 잘 돌보리라 다짐한다.

무지개 손주들

- 김블라시오

하늘과 땅을 이어주는 무지개다리
빨주노초파남보 일곱 색깔
한 여자를 만나 두 아들을
잘 커준 두 아들이 또 한 여자를

큰 아들은 손녀 둘, 손자 하나
작은 아들은 손자 하나, 손녀 셋
큰 손녀 빨강색, 막내 손자 보라색
큰 손자 주황, 둘째 손녀 노랑
셋째 손녀 초록, 넷째 손녀 파랑
다섯째 손녀 남색, 모두 일곱 색깔

하늘나라 부모님의 바람인가
영원히 살아계신 주님의 뜻인가
보물 같은 무지개 손주들을
최선을 다해 잘 돌보리라.

고감사덕행

- 김블라시오

고맙습니다 나의 창조주 부모님

감사합니다 영원히 살아계신 주님

사랑합니다 나의 가족 친지 친구들

덕분입니다 알게 모르게 맺은 인연들

행복합니다 오늘도 지금 이 시간.

김성용

학력

충남대학교 공과대학 전자공학과 학사
아주대학교 경영대학원 경영학 석사
한양대 경영전문대학원 CEO과정 수료
전국경제인연합회 최고경영자과정 수료

경력

(전) 현대전자 산업전자연구소 근무
(전) 한국통신기술 근무
(현) 넷케이티아이 대표이사

수상 및 대외활동

2014년 대한민국 인물대상 선정
중소기업유공자 포상(산업통상자원부장관 포상)
제10회 대한민국 나눔대상 (경기도의회장)
제4회 대한민국 모범기업인 대상
경기도 착한기업상
(전)가톨릭대학교 산학협력협의체 부의장
(현)강원도민회 대전세종시 위원
(현)민주평화통일자문위원

그물 터는 어부처럼

- 김성용

후드득
서러운 시간이 지면
마음 털고 일어나라

서쪽   파드닥
머언 바다   낚아 올린 욕심 몇 마리
그물 터는 어부처럼   미련 없이 넌져 주고

                                지는 석양에 긴 숨 내쉬며
                                청국장 한 사발 옹기종기
                                끓여 나누어 먹으리

땀방울
- 김성용

저기 저
산속 오솔길

작은 발자국들이 모여
새로운 길을 낸다

이 하늘 아래
헛된 것은 없다

송골송골 맺힌
당신의 땀방울 덕에

반짝반짝 삶에 윤이 나고
내일을 향해 내딛는

당신의 발뒤꿈치가
날아갈 듯 가볍다

시간이 지나고 나면
송골송골 보석이 되어가리

바로 똑같이 반대로
- 김성용

삶에도 이정표가 있다면

정직하게
놓치지 않고
이정표만 따라간다면

고작해야 몇 갈래뿐인 인생길

망설이지 않아도
매번 두리번거리지 않아도
그걸로 족하리라

조금 돌아가면 어떠리

앞만 보고 달려
휙휙 지나쳤던 풍경들
이리 가슴에 담기는데

사진처럼 찍혀버린 지나온
마음들 되새겨보리

김송철

서울 열린사이버대학교 경영학 학사

2009년 2월~2010년 6월
영풍파일(주) 전 현장설비 관리

2010년 10월~2013년 2월
우진플라임(주) 사출기장비 제작 및 관련 연구실 연구원

2012년 3월
열린사이버대학교 총학생회 복지국장

2014년 2월
열린사이버대학교 총장 공로패

2014년 3월
인천환경공단 근무

2019년 3월
도전한국인운동본부 도전한국인 수상

웃어라
- 김송철

웃어라
그리하면 젊어지고
온 세상이 밝아 보이리

웃어라
그리하면 복이 오고
내 팔자 내 운명 바뀌어지리

웃어라
그리하면 건강해지고
온갖 잡병 무서워서 도망가리

웃어라
그리하면 행복하고
100세 인생 웃으면서 살아가리

철새가 부럽구나
- 김송철

나뭇가지 올라앉아
갈 길 찾아 이리저리
어디인들 못 갈소냐
너의 그 유능함을
정말로 부럽구나 너의 이름
바로 너! 철새라 부른단다

산과 들 모두가 변하여도
때가 되면 어김없이
살길 찾아 떠나고
누군가의 구애 없이 어디인들
날아가는 네가 정말 부럽구나
나도 한번 너처럼 날고 싶은 마음뿐

이 세상 태어나 어디서든
산다는 게 무슨 큰 문제이련만
한번 인생 어디서든
행복하면 그만이지
그래도 가고 싶은 저 고향은
철새의 마음과 같은가 보구나

길들여진 인생
- 김송철

이 세상 태어나 철없던 그 시절
부모님 사랑 속에 근심 없이 살았지만
세상사 그리 쉽지 않은 것이었음을
깨우치고, 알아가고, 부딪치며 배웠었네

인생은 그렇게 길들여지는 것이라고…

비단길 걸어야만 행복한 삶이더냐
온갖 풍파 이겨내며 사는 것이
더 멋진 삶이고, 값 있는 인생임을
오늘도 배우고 깨우치며 살아가네

나는야 오늘도 길들여져 가고 있네…

부모님 물려준 재산 아무도 없지만
태어나고, 세상 구경한 것만으로도
부모님 물려준 둘도 없는 재산이었음을
순간순간 잊지 않고 행동에 임하네

길들여진 인생 속에 행복열매 자라나네…

박희천

학력
밀양 초동초등학교/초동중학교 졸업
김해건설공업고등학교 기계과 졸업
부경대학교 기계과 졸업
한국방송통신대학 경영학과 졸업
울산대학교 산업대학원 산업공학과 졸업(공학석사)
한국해양대학교 대학원 기계공학과 졸업(공학박사)

경력사항
한국프랜지공업 주식회사 근무(최종직위: 과장)
(주)케이에스피 근무(최종직위: 기술연구소장, 대표이사)
부산대학교 기계공학과/겸임교수
(주)미래테크 창업(대표이사)

수상경력
경남 중소기업대상 수상(창업벤처부분)
산업포장 수훈(열린고용정부포상)
기술경영인상 수상−신재생에너지기술선도(한국산업기술진흥협회)
산업통상자원부장관 표창장 수상(신재생에너지 유공자)
국토교통부 장관 표창장(스마트시티 서밋 아시아 10대 우수기업)
도전한국인 대상 수상
2018 국토교통부 스마트시티 서밋아시아 10대 우수기업

핑계

– 박희천

바쁘다는 핑계로
자주 찾아뵙지도 못했는데
어렵다는 핑계로
용돈도 많이 못 드렸는데

고3 손지 밥 사주며
기뻐하는 엄마
새 옷 사주는 손녀가
고마워 즐거워하는 엄마
며느리 용돈에
행복해하는 엄마
하루도 빠짐없이
아들 위해 기도하는 엄마

하루를 함께하니
손녀가 며느리 되고
며느리가 할머니 된
모습이 떠오르네

여름 내음의 숲길

- 박희천

나는 끝이 없을 것 같은
숲속 길을
걸어가고 있다

맑은 공기 마시며
발걸음 가볍게
걷고 또 걸었다

걸어도 걸어도
끝이 없을 것 같은
이 숲속은 왜 걷고 있나

땀 흘리며
한 바퀴 돌고 보니
앉은 그 자리네

마음으로 숲속길
걸어도
행복한
힐링이 되나 보다

비양도

- 박희천

제주도 서북쪽 비양도
눈앞에 보이는 작은 섬
한림항서 뱃길 10분 거리
비양봉이 안아주네

날아온 섬 비양도
2.5킬로 해안선 돌고 나니
천년세월 함께한 것 같고
한 명뿐인 비양분교
시끄러울 리 만무하네

아름다운 어촌 비양도
녹색섬 5형제와 함께
탄소 없는 섬으로
남겨지길 염원하네

방순극

경력

제일모직 오창사업장 경영혁신팀장
MBC화제집중 방송출연
한국경제TV 방송출연
삼성그룹 방송 출연
매일경제신문 소개
동아일보 〈주목,이 사람〉 소개

한국경제신문 소개
국방일보제안 소개
호산대학교 석좌교수(2016년)
창조경영인대상 수상(2016년)
BS컨설팅 대표(제조 · 혁신)

수상

삼성그룹 제안상 수상
여수시 신지식인상 수상
세계 TPM 대상 수상
전남 으뜸장인상 수상
표준협회 생산성 유공자상 수상 명인
2019년 도전한국인 명인 수상
2019충북 명장 숙련기술인 기계 생산 부문

2019년 KBS1TV '충북은 지금' 출연

문 앞에서

- 방순극

'열다'의 반대말은 '닫다'일까요?

그대,
어느 문 앞에 서 있나요
문을 열고 있나요?
닫고 있나요?
여닫기 좋게
문고리는 달아두었나요?
가까이 두고도
찾지 못해 헤매고 있는 건 아닌가요?

당신의 방문을 열어준 문고리가
방문을 닫아줄 문고리일지도 모릅니다

잊지 마십시오
문을 연 사람이
바로
문을 닫은 사람이란 것을
문고리는 언제나
당신 앞에 있습니다.

빛으로의 초대
- 방순극

암흑(暗黑)의 터널을
적막(寂寞)의 고독을
명멸(明滅)의 시산을
지나온 사람만이
빛의 진가를
알아볼 수 있다

멀리 보이는 한 점
터널 끝 빛을 보며
묵묵히 자갈길을
걸어온 사람만이
빛의 진가를
알아볼 수 있다

세상을 긍정으로
사람을 희망으로
새로운 힘을 불어넣으며
터널 끝 빛 앞에서
웃을 수 있다

마음의 필터링

- 방순극

찌꺼기를 걸러내는 거름망처럼

우리 몸과 생각에도

유해물질을 걸러내는

필터가 장착되어 있다면

누군가 생각 없이 건네는

말 한마디에

상처 받아

피 흘리지 않아도 될 텐데

바람 부는 지금

안개 자욱한 이곳

혼탁한 우리에게

필요한 것은

자신도 모르게

까맣게 때가 탄 육신을

무색투명하게 걸러 줄

마음의 필터링

산정 시우미(山井 柴宇美)

시인/수필가
- 68. 한국일보 제1회 주부백일장 시 부문 장원
- 등단 : 수필(2008. 『조선문학』에 '친정 아버지' 외 수필 5편)
         시(2009. 『조선문학』에 '저물녘' 외 시 5편)
- 수필집 : 『겨울나무』 출간(2010년)
- 시 집 : 『삶의 무늬』 출간(2013년) 외 동인지 다수 게재
- 조선문학문인회 이사, 한국문인협회 회원
- 국제펜 한국본부 이사, 한통문협 운영이사, 화랑대문인회 회원
- 파블로 네루다 탄신 105주년 기념 수필부문 최우수상 수상
- 한울문학 수필부문 대상 수상
- 대한민국문학대상 수상 (2010. (주)연예정보신문사 주최, 후원 문광부)
- 2013 제31회 동백문학상(시 부문) 수상
- 계간문예 문인회 이사

풀꽃 · 1
– 시우미

세월의 길섶에
초록이 흐르는 계절
부활의 몸짓으로 꽃망울 톡톡
생명표출 기교 피우는 작은 목숨의 삶

휘몰아치는 폭풍우에
꺾여질 것 같은 가혹한 시련에도
주어진 목숨껏 아름다움 갈망하며
희로애락의 밀의(密意)로
눈물꽃 피우는 풀꽃

얼얼하게 맺힌 여정의 산야에서
하늘이 주는 빛을 받아
애잔한 모습으로
푸르른 꿈밭을 겸허하게 수놓으며
생존의 아름다운 향기 흩날리네

백합 꽃 · 2

- 시우미

백합 꽃
그 순결한 이름이야
지구촌 어느 곳에서나
부르지

흰 백합화
그 어여쁜 얼굴이야
가시밭에 한걸음 다가서면
보이지

다만 그 마음
향기 속에 있어
머리 맞대야
사랑을 주고받지

사랑으로
- 시우미

지난 겨울
칼바람에 찢긴 상처

겨우내
아픔 참아내며
울혈 터진 봄 꽃
붉은 꽃으로 피다

늘 수목을 흔드는
바람의 횡포 견디며
긍휼히 받아드리는
사랑은
뿌리 깊은 값진 삶으로
전환되어
싱그러운 향기 뿜는다

혜암 양종관(慧岩 梁宗官)

주요 경력

경제학박사. 남서울대학교 교수. (주)좋은비전(남서울실용예술전문학
교, 남서울평생교육원)대표이사, 학장. (사)두례친환경 농업연구소 부소
장. 북악경제학회 회장. 한국경영인협회 이사. 한국국제회계학회 이사.
지유아이 종합상사 회장. 한양대학교 경영대학원 외래교수. 서울종합
예술실용학교 외래교수. 한국납세자연합회 이사. 한국미술창작협회 이
사. 국제라이온스협회 354A지구 태평라이온스 부회장. 농협대학교 교
수 역임. 경영전략연구원 원장. 은평구주민참여위원. 은평향토사학회
상임고문. 법무부 법사랑위원회 고문.

주요 자격 이력

시인. 수필가. 사회복지사. 심리상담사. 가정복지상담사. 효지도사. 노
인심리상담전문가. 조직개발컨설턴트. 한국경영인협회 수석컨설턴트.
인적자원개발 컨설턴트. 경영컨설턴트. 성공한 리더들의 7가지 습관
Facilitator. MTP Instructor. MBTI 강사. 경매 공매 컨설턴트. ISO 9000
심사원. 대체의학 건강 상담사. 인증코치 KAC. 가족코칭지도사. 약초
관리사.

비전 찬가

- 양종관

은혜로 밭을 갈아

지혜의 흙 속에
행운 보석 싹 트고

화합과 협동의 꽃봉오리
끈기와 근면으로 꽃 피우네

사랑과 열정 속에
인내로 열매 맺어

소통과 봉사의 궁전에서
감사의 나눔 파티

희망과 행복 얼싸안고
찬란한 비전을 노래하네.

어머니
- 양종관

만삭의 아픔에서 기쁨의 새 생명
첫 세상 밝은 빛 가슴에 젖줄 묻고
희망의 기도 속에 인생의 길라잡이

헌신으로 지극정성 생명의 은인
어머니 크신 사랑 잊을 수가 없구나
꿈속에서도 더듬어 보는 포근한 품속

흐르는 세월 따라 정과 은덕 새록새록
그리움에 사무쳐 불러보는 당신
듣고 싶은 목소리 들리지 않고 메아리만 서글프네
찢어진 가슴 남긴 채 하늘나라 머나먼 길
평생 잊지 못할 은혜 고이 간직하여
저 세상 가서도 어머니는 보석덩어리

빗속의 고백

- 양종관

짝사랑 그리움 가눌 길 없고
애타게 보고 싶어 잠 못 이루며

행여나 꿈속이라도 기다리다 지쳐
목말라 타오르는 뜨거운 가슴

그대 입김으로 식히고 싶다
먹구름 천둥번개 쏟아진 장대비

천지를 적시고 내 가슴 적시네
그대가 자주 걸은 골목길 서성대니

설레는 가슴으로 마주친 눈빛에
으스러지게 한 몸 된 수줍은 우산 속

빗방울 숨소리 행복을 타고
사랑노래 부르며 고백이 흐르네

이삼구

약력

현: (주)239바이오 대표이사

현: UN FAO(유엔식량농업기구) 대한민국
    Stakeholder

전: ISO(국제표순화기구) TC23 대한민국 대표

국내외 지적재산권(특허, 실용신안, 상표, 영업비밀): 70여 건

2019.01.09. KSBMB(생화학분자생물학회)

– D&D의 췌장베타세포재생 연구성과 및 의학적 기전 발표

2019.01.04. 일본 요미우리신문 2019 신년특집(국제면)기사

2018.10.24~27. 2018 제26차 핀란드 국제당뇨학회

– D&D의 췌장베타세포재생 연구성과 홍보

2018.10.28. 채널i 산업방송 정한용 이성미의 쉘위토크 출연

– D&D의 췌장베타세포재생 연구성과 설명

2018.10.12~18. UAE Dubai 국제당뇨학술대회

– D&D의 췌장베타세포재생 연구성과 토론

2018.08.22. 대한민국 국회 보건복지위 정책세미나 개최

– 당뇨치료의 획기적 연구성과인 D&D의 의학적 기전 세미나

2018.08.11/08.27 KBS 전국뉴스 보도 (주)239바이오 이삼구 박사 당뇨연구성과

2018.05.30. 당뇨치료조성물 D&D 국제특허출원완료

– 한국, 일본, 유럽연합, 미국, 캐나다, 중국, 인도, 베트남, 중동GCC 등 19개국

2018.05.27. KBS제1라디오 〈정관용의 지금 이 사람〉 출연

2018.06.22 일본특허청 특허등록

– 발모촉진, 탈모예방, 모낭개선용 식용귀뚜라미 (식품, 의약품) 원천특허등록

2018.05.03. 국제인증기관(AAALAC)의 당뇨치료물질 D&D 전임상 성공

– D&D의 파괴된 베타세포 재생 및 의학적 기전 규명 완료

행복
- 이삼구

가을하늘 아래 어여쁜 국화꽃

그 향기 온 동네를 감싸고

가을저녁 섬돌 아래 귀뚜라미

그 노래 별까지 닿는다

회상 – 어머니 사랑

– 이삼구

오일장 찾아 이른 새벽 먼 길 떠나신 어머니
붉은노을 산 너머로 사그라들어갈 즈음
지친 다리 끌고 오셨네
머리에 이고 간 산나물 양동이
무엇으로 바꿔 오셨나
무엇이 들어있을까
다디단 눈깔사탕 있으려나
바삭바삭 맛있는 센베과자 있으려나
박 속 빼내 말려 만든 큰 바가지 가득
따스한 기운이 전해지는데

"엄마 이건 뭐예요?"
"응, 너 눈 밝아지라고 임실 우시장 가서 눈에
좋은 소 간 사왔단다."

시간 여행
- 이삼구

콧물 훔쳐가며
깔깔대며 놀다가
조금 시들해지면

잠자리 허리 떼고
지푸라기 찔러 넣어
허공에다 날리고

검정 고무신에
올챙이 가득 담아
햇볕에 말려 두었다

보릿대 꺾어
개구리 똥구멍에
팽팽히 바람도 넣고

뒷다리 껍질 벗겨
구워먹으며
얼굴에 검정칠하던

놀부도 울고 갈
예닐곱 살 원죄로
목뼈는 이리 아리나

이성산

학력

1936년 서울 출생(현 강동구 성내동)

1950년 서부공립보통학교 졸업(현 하남시 감일동 소재)

1954년 선린중학교 졸업

1957년 선린상업고등학교 졸업

경력

1961년~1983년 강동구청 입사 및 퇴사(세무담당)

1983년 (주)산경자동차정비공업사 설립, 운영

　　　　　(1급 현 천호동 사업지 소재)

2014년~현재 (주)금산개발 회장

「염원」 - 돌탑
 - 이성산

이성산

70여 년을 매일같이
간절한 소망 담아
돌을 쌓는다.

눈과 비바람에도 굴하지 않을
강건함을 담아
오랜 세월 신뢰로 나셔진
대반석臺盤石을 깔고,
더욱 단단해진 초석 위에
후손을 위한 기둥을 세우고,
그 위에 차근차근
이 땅의 소외되고 어려운 이웃을 위한
배려와 책임감을 아로새긴다

그곳에서
우리 한데 어우러져
온 마음 온 정성 다해
강동 최고의 117미터 랜드마크
이안강동 컴홈스테이에
염원을 불어넣는다

- 헌 시 -

237

행복을 짓는다
- 이성산

땅거미 내려앉는
화려하게 삭막한 도심의 밤,
눈부신 네온사인 아래
사방을 두리번거려도
따스한 불빛 하나
보이지 않는다

저어기 어디엔가
내가
당신이
우리가
함께 웃으며 서로를 반겨줄 수 있는
포근한 쉼터 하나 가질 수 있다면

나는 지금이라도 당장,
벽돌 가득 실은 등짐을 지고
한 걸음 한 걸음 정성껏 걸음을 옮겨
차근차근 행복을 지으리라
가족의 미소로 더욱 빛나는 곳,
복된 우리의 집을 위하여   - 헌 시 -

대한민국에서 가장 살기 좋은 곳
- 이성산

까르륵 까르륵
어느 날씨 좋은 날
상쾌한 바람 타고
마당을 넘쳐 온 집안에 흐르는
아이들의 웃음소리

뒷집 순이
옆집 철이
너나없이 드나들며
함께 나누던
어릴 적 집 풍경

행복이 시작되고
이야기가 있던 공간,
키다리 해바라기 태양을 추억하고
수줍은 코스모스 가을길 물들이던 곳

언제든 다시 돌아가고 싶은
마당 깊은 추억이 샘솟는 집
그곳이 바로 대한민국에서 가장 살기 좋은 곳이랍니다 - 헌 시 -

이재기
(李在己, Lee Jae Kee)

약력
『문예시대』 신인상으로 등단(2006년)
한국문인협회 회원
부산문인협회 회원
한국농림문학회 회원

철도고등학교 졸업
영남대학교 전자공학과 졸업
한국전자통신연구원(ETRI) 연구원
일본 동경대학 공학박사
현재 동아대학교 컴퓨터공학과 교수

때 이른 매화
- 이재기

너무나 이르게 찾아왔기에
반갑다는 말보다는
정말 괜찮겠냐며 안쓰러워
덥석 손부터 잡고 표정을 살펴봅니다

기다리고 있긴 했지만
아무런 연락도 없이
무작정 문을 열고 들어와
아직도 꿈인지 생시인지 멍멍합니다

한평생 추위 속에 살아도
향기조차 팔지 않는다 했는데
그윽한 향기를 머금고
한겨울도 대수냐는 듯 활짝 웃습니다

철이 없어도 그렇지
이리도 빨리 와버리면
쩔쩔매는 것은 네가 아니고
어찌 봄까지 버틸까 내가 안달입니다

봄을 찾아서
– 이재기

따사로운 햇살에
기지개 켜고 일어나
은은한 향기 풍기는 바람 따라
아무런 망설임 없이
봄을 찾아서 길을 나선다

그리 기다렸던 봄이기에
몸단장도 않고
옷조차 걸치는 둥 마는 둥
맨발로 무작정 나서
사방을 두리번거리며 불러도 본다

먼 산마루에 걸린 아지랑이 쫓다
잎 나기 전에 피어난 꽃향기에 취해
파릇파릇 돋아나는 새순에 빠져
땅바닥에 쪼그리고 자란 들풀 보며
꽃샘추위 아랑곳 않고 개울도 건넌다

어느새 날은 저물어가고
여기저기 봄노래 감미롭게 들려오건만
찾는 봄은 어디에도 보이지 않고
지친 발걸음으로 돌아오는데
먹구름 몰려오며 하늘에 눈발까지 날린다

눈감는 날까지
- 이재기

비가 오나 눈이 오나
마을 앞 느티나무 아래에는
노부부가 나란히 앉아
마을로 향하는 차가 있나 보고 있다

당장이라도 함박 웃으며
달려와 안길 손주들 기다리다
해가 지면 일어나 손을 잡고
내일은 오겠지 하며 집으로 향한다

줘도 줘도 더 주고 싶고
아무리 서운한 일 당해도
무슨 일이 있어 그러겠지 하며
늘 자식들 먼저 위하며 잠을 뒤척인다

노후 위해 남겨 뒀던
논과 밭까지 팔아가더니
가끔 받던 전화도 걸리지 않아
무슨 일이 생겼나 걱정부터 앞선다

생일이 되어도
어버이날이 되어도
자식들 그림자조차 보이지 않지만
혹시나 찾아올까 하여 이사도 못 간다

몸져누워 있으면
더욱 그립고 보고 싶은데
오라는 자식들은 보이지 않고
과일 장수만 가끔 찾아와 말동무가 된다

오늘도 어제처럼
마을 앞 느티나무 아래에는
노부부가 손을 꼭 잡고 앉아
찬바람을 맞으며 자식들 기다리고 있다

* 2018년 12월 23일자 중앙일보에 실린 '재산 다 주고 쓰러지니 전화번호 바꿔 이사 간 자식들'을 읽고

243

이종대

(주)국제기공 대표이사

본적: 경상북도 구미시 해평면
학력: 인천대학교 졸업
취미/특기: 골프
주차설비 및 물류 자동화 시스템 전문업체
1988년 설립하여 31년간 운영 중

국제기공은 편안하고 안전한 주차설비가 필요하신 모든 분들에게 앞선
기술과 정확한 시공으로 완벽한 주차설비를 제작하고 있습니다. 빠르고
정확한 유지보수 능력으로 귀사의 주차설비를 언제나 처음과 같이 유지
시켜 줄 것이며 항상 고객님의 의견에 귀 기울이고 최고의 서비스를 제
공하기 위해 노력하겠습니다. 20여 년을 오직 주차설비만을 고집하며 앞
선 기술의 선두가 되고자 노력하는 국제기공입니다.

언제나 처음처럼
– 이종대

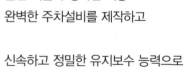

문명이 발전할수록
편리해지는 것이 있으면
불편해지는 것도 있게 마련입니다

급속도로 늘어난 차량의 수만큼
주차에는 많은 불편을 겪고 있는 요즘

20여 년을 오직 주차설비만을 고집하며
주차설비의 비약적 발전을 위해 노력해 온
국제기공(주)

빠르게 대처하는 기술개발만이
우리의 살길이라는 모토 아래

앞선 기술과 정확한 시공으로
완벽한 주차설비를 제작하고

신속하고 정밀한 유지보수 능력으로
귀사의 주차설비를 언제나 처음처럼
유지시켜 줄 것입니다

여러분 곁에서 항상 귀 기울이고
최고의 서비스를 제공하며
모든 일에 친절과 정직으로 다가가는
국제기공이 되겠습니다

안다는 것과 모른다는 것
– 이종대

안다는 것과 모른다는 것은 어떤 차이인가?
무언가 하나를 알고 있을 때
그 안다는 사실이 증명되지 않으면
그것은 모르는 것과 마찬가지인가?

혹은 무언가 하나를 알고 있다가도
어느 순간 잠시 잊으면
그것 또한 모르는 것과 다를 바 없는 건가?

뼈저리게 후회해도 매번 같은 실수를 반복하는 건
그 같은 행위에 대해 아는 것이 아니라 모르기 때문인가?
그렇다면 안다는 것의 경계는 어디까지인가?

많이 아는 것과 조금 아는 것.
많이 깊게 아는 것과 조금 얕게 아는 것,
혹은 많이 얕게 아는 것과 조금 깊게 아는 것.

이 경우 '많이'라는 전제가 붙으면,
깊든 얕든 늘 '조금'이라는 전제에 승리하게 되는 건가?
그렇지만 조금 알고 있어도 그것이 증명될 땐,
많이 알면서 증명되지 못할 때보다 좋은 건가?

사람을 안다는 건 배려이다.
불공평하게도 열 개를 배려하다
한 개를 배려치 못한 사람에게 더 인색하다

처음부터 끝까지 아홉 개는 생각도 않고
한 개만 배려한 사람에겐 관대하면서
어쩌겠는가, 그 불공평까지가 인생인 것을

세상에서 제일 아름다운 카펫

- 이종대

봄 햇살이 눈부셔서
꼬옥 감고 있던 눈을
슬몃슬몃 뜨고 보니

세상이 온통
벚꽃 잎의 융단폭격을 맞아
새하얗게 변해 있다

청춘이 매달려 있는 듯
화려하게 피어난 순백의 벚꽃이
어느새 후드득 후드득

지상으로 내려와
장엄한 생을 마치며
시리게 아름다운 장면을 연출한다

벚꽃과 닮은 우리네 인생
화려하기도 하고
덧없기도 한

아, 세상에서 제일 아름다운 카펫이여!
그대를 타고 두둥실
이 봄이 가는구려

전승현

(주)델몬트음료 대표이사
(주)진안물류 사장

전북 진안군 성수면 출생

2012년 연세대학교 경영전문대학원 상남경영원 유통전문경영자과정 29기
2013년 연세대학교 국제학대학원 글로벌리더십 포럼 1기
2015년 한국산업기술대학교 산업기술 최고경영자과정 31기
2017년 정운찬 동반성장연구소 창조혁신 최고경영자과정 2기 수료

한국산업기술대학교 산업기술 최고경영자과정(ITP: Industrial Technology Program) 31기 원우회장
전북 진안군 마령고등학교 총동문회장
재경 진안군민회 부회장
한사랑나눔봉사단 후원회장

2017년 한국산기대 ITP 총동문회 기업부문 최우수경영대상 수상자로 선정, 산업자원부 장관상 수상
제4회 대한민국행복나눔봉사대상 기업부문 최우수 혁신경영대상 수상

성공의 묘약

  - 전승현

굽이굽이 이어진 삶의 길

그 길의 첫걸음을 떼기 위해

달랑 만오천 원 들고 무작정 상경하던 날

열아홉 나를 반긴 건 서울의 매서운 공기와 혹독한 현실

시련은 인생의 양념과 같아서

걸음을 옮길 때마다 길 앞에 버티고 서서

좌절과 극복이라는 양면의 동전을

툭, 내 앞에 던진다

태산을 넘어야 평지를 볼 수 있듯

착한 발걸음을 옮기다 보니 저절로 알게 된

델몬트의 두 가지 성공의 묘약

좌절을 밀어내는 멈추지 않는 열정과 노력

시련을 극복하는 힘을 합친 사람들의 향기

순리(順理) – 아내에게

– 전승현

적당히 흐린 어느 겨울날
묵묵히 곁을 지켜 주는 아내와 바람을 맞으러 갔다
쪽빛으로 일렁이는 물결이
바람 한 자락과 창공을 가르는 새 두 마리와
사이좋게 어깨동무한 채 콧노래를 부른다

바람이 불어야 배가 가는 법
오랫동안 기다려 온 바람을 등에 업고
끈기의 돛을 올려 착하게 가닿은 곳이
다름 아닌 행복의 나라였으면

바람 부는 대로 물결치는 대로,
순리順理를 좇아 하루하루 애쓰며 살아온
아내의 수척한 뒷모습이
저 햇살과 바람과 물결보다도 눈부시게 빛날 수 있었으면

가만가만 속삭이며,
마음 다해 쓴 편지를 희망에게 부친다

부모마음

- 전승현

문득
세상이
천근만근
무겁게 느껴질 때

절대
혼자라고
슬퍼하거나
불안해하지 마

은유 호군 은혜 호인
너희가
돌아보는 곳
어디에서나

너희의
등 뒤를
언제나 굳건히
지키고 있을 터이니

이나금

기업인

· (주)아라인베스토리 회장
· 직장인이 부자되는 연구소 대표
· 직부연 부동산 아카데미 운영
· 부동산으로 부자되는 비밀독서단 '부비독' 운영
· 분양전문 유튜브채널 알라딘하우스 운영
· 유튜브 나금TV 운영
· 경제 · 경영 제테크 분야 베스트 셀러
  『나는 쇼핑보다 부동산 투자가 좋다』
  『내 인생을 바꾼 부동산 공부』
  『나는 부동산 투자로 인생을 아웃소싱했다』 저자

· 인스타그램: http://instagram.com/yule0808
· 메일주소: yule0808@naver.com

하늘이 넓은 이유
- 이나금

살아가다 보면 앞으로 갈 수도
뒤로 갈 수도 옆으로 갈 수도
없을 만큼 암흑일 때가 있다.
우린 그때 하늘을 본다.
고개 숙이지 마라.
하늘을 봐라
꽃들도 하늘을 본다.

존재

- 이나금

장미꽃은 장미꽃이고
벚꽃은 벚꽃이고
민들레꽃은 민들레꽃이다.

꽃들은 자기 모습으로 피고 진다
장미꽃이 민들레꽃이 되려 하지 않는다
오직 인간만이 자기 꽃으로
살지 않고 다른 누군가가 되려고
발버둥친다.
그래서 꽃이 더 아름다운 것이
아닐까?

실패가 용서되는 이유
- 이나금

꽃은 열매 맺기 위해 피고 지고
낙엽은 내년 초록빛 잎사귀
되기 위해 떨어지고
내가 지금 넘어진 것은
일어나기 위함이니
크게 아파할 일은 아니다.

조성제

1961년 10월 4일 전남 순천 출생
1989년 2월 10일 서울시립대학교 법학과 졸업
2008년 1월 20일 인천대학교 경영대학원 최고경영자과정 수료
2013년 11월 25일 서울대학교 문헌지식정보 최고위과정(제4기)
2015년 10월 20일 서울대학교 국제대학원 중국 최고위과정(제1기)
2018년 2월 13일 인하대학교 경영대학원 경영MBA 석사

현 에몬스 가구 부회장
2010년 3월 (주)에몬스가구 사장 취임
2007년 1월 (주)에몬스가구 전무이사 승진
2004년 7월 (주)에몬스가구 상무이사 입사

2017년 11월 2017 대한민국 좋은기업 최고경영자상 수상(한국표준협회)
2017년 12월 자랑스러운 서울시립대인상 수상(서울시립대학교)
2016년 12월 공로상 수상(서울시립대학교)
2014년 10월 산업통상자원부 장관 표창(세계표준의 날)
2013년 12월 인천광역시장 표창(경영합리화와 노사화합)

가구에 표정을 만든다
- 조성제

미래를 디자인하고
자연을 생각하며
새로운 공간의 가치를 창조하는
표정 있는 가구

40년 토종기업
에몬스의 자부신과
고객의 신뢰가 하나 되어
만들어 갈 아름다운 생활문화

대한민국 가구의
뛰어난 디자인과 품질을 알리며
정직, 겸손, 열정의 마음으로
상생 경영을 실천하는 기업

갖고 싶은 가구
마음까지 편안한 가구
에몬스가구가 있는 그곳에
낭신을 조대합니다

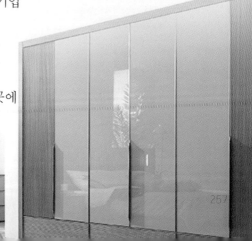

위기에 울면 삼류
- 조성제

한 굽이 돌아갈 때마다
어려움도 많고
탈도 많다

역경과 위기는
아무리 불침번을 서도
예측할 수 없는 곳에서부터 찾아든다

거센 파도에
곧 좌초될 것 같은 배에
타고 있어도

잔뜩 겁먹어 우는 대신
두 눈 크게 뜨고 정신만 놓지않으면
살 수 있는 것처럼

위기에 울면 삼류이고
위기에서 벗어나면 이류이고
위기를 기회로 삼아 도전하면 일류이다

소소한 행복

- 조성제

나이를 먹는다는 건
한쪽 가슴에는 외로움과 슬픔을
반대쪽 가슴에는 사랑과 행복을
하나둘씩 쌓아가는 일인지도 모릅니다.

어느 쪽이든 결국에는 버리고 가야 하는 것들
그것을 버리지 못해 꽁꽁 싸매 짊어진 채로
사는 내내 울고 웃는 거지요.

지금 자신의 자리에서 행복할 수 있다는 건
어렵지만 참 쉬운 일이기도 합니다.
시선을 어디에 두느냐에 따라서 말이지요

가끔씩 고단함으로 고개 젓기도 하겠지만
구부정한 어깨 위 살포시 내려앉는 햇살의 손길만으로도
그렇게 고개 끄덕일 수 있는

소소한 일상에서도
행복은 늘 '반짝'입니다

한용교

학력
성균관대학교 법정대 법률학과
연세대학교 행정대학원
성균관대학교 명예법학박사

경력
(주)원지 회장(前)
(사)한국포장협회 명예회장(現)
LG생활건강 동반성장심의위원회 위원장(現)
재단법인 한용교장학재단 이사장(現)

상훈
대통령 훈장(새마을근면장/국민훈장 석류장/철탑산업훈장)
국무총리 표창(1988)
산업통상부장관 표창(2014)
서울시장 표창(1983/1984)
제1회 자랑스런 성균인상(1994)

할아버지와 그네

– 한용교

삐그덕,
세월에 녹슨 그네가
앞뒤로 흔들거릴 때마다
인생도 더불어 오르내린다

그네가 한 번 오르내리면
개구쟁이 골목대장이 까까머리 중학생 되고
여드름쟁이 고등학생이 늠름한 청년에 남편도 아빠도 되고,
어느덧 어깨 좀 펴고 한숨 돌리니 귀밑이 하얗다

고목나무 껍질 같은 얼굴로 축 늘어진 시간과 동무한 채
그림자만 단짝인 놀이터에 하릴없이 나와 앉아
발을 구르며 그네를 타보지만,
텅 빈 오후의 날선 공허함만큼 부질없는 몸짓이다

남은 세월
배려하고 소통하며 공감하고 감사하며
솔선하고 칭찬하며 빛이 되고 소금 되며
인생의 그네나 좀 더 타다가 가야겠다고
허공의 그네를 바라보며 다짐하였다

산다는 것은

- 한용교

시선을 멈춘다는 것
놓지 않으려고 마음 다 쓴다는 것
매일매일 발자국을 남겨야 한다는 것

오랜 시간 잊고 있던 나를
힐끔거리기만 하던 너를
날개의 외로움으로 허덕이던 우리를
새삼스러이 보듬어야 한다는 것

사랑이 사라져도
세월이 도망쳐도
삶이 내내 빈손이어도
습관으로 고개 젓지 않고
정면을 바라봄에 겁먹지 않으며
찬찬히 고여 있는 숨을 내쉬어야 한다는 것

산다는 것은
혹은
살았다는 것은
행복한 것이리라

- 헌시 -

희망의 장학금

- 한용교

메마른 땅 구석구석 일궈
희망 씨앗 한 움큼 뿌려놓고
때맞춰 물주고 거름 주고 햇빛 쐬어주는
농부의 마음으로
후학들에게 장학금을 주기 시작했더니
삐죽삐죽 척박한 땅속을 비집고
꿈의 새싹이 돋아났네

마음 담아 건넨 그 작은 희망이
어느새 씨앗이 되어 움이 트고
열정의 잎과 노력의 가지를 펼쳐
주렁주렁 행복의 열매를 맺었네

나의 응원으로 잘 익은
행복 열매들이 땅으로 떨어지면
기다렸다는 듯
스스로 희망의 씨앗 되어
또 다른 누군가의 든든한 나무가 돼주고
자신이 받은 만큼 그들의 꿈을 응원해주는
이 아름다운 봉사의 선순환이여

- 헌시 -

함경식

학력
호원대학교 토목공학과 졸업

경력
(주)강원산업 입사
(주)군산레미콘 부장
((주)강원산업 계열사)
(주)풍안상사 호남본부장 재직

((주)삼표 계열사)
(주)대주개발 부사장 역임 (3년)
(주)대운산업개발 대표이사

수상
사단법인 대한노인회
군산시지회 지회장 감사패
전국 웅변대회 명예회장 공로패
서울대학교 국제대학원 공로상
도전한국인운동협회
2017년 도전신지식인 대상

한국창조경영인협회 창조혁신경영 대상
보건복지부 장관 표창장
전라북도지사 표창장
국방대학교 총장 감사장
국회 국토교통위원장 표창장

나에게 골재는

- 함경식

신용과 뚝심으로 걸어온 20여 년
나에게 골재는 삶의 나침반이요
인생의 이정표

위기가 닥칠 때는 극복할 끈기를 주고
주저앉고 싶을 때는 음양으로 도와줄
귀인들을 주었네

포기 대신 열정으로 다시 일어서니
저만치에서 나를 반긴 건
협력업체와 지역사회의 따뜻한 성원

꿈에서도 잊지 못할 그들의 은혜를 갚는 건
자부심을 갖고 참여한 새만금산업에
토석의 공급을 책임지는 유일한 군산채석단지로서

양질의 석·골재를 생산하고 차질 없이 공급하여
우리가 후손에게 물려주어야 할 국가사업에서
맡은 바 사명을 다하는 것

회사의 발전이 바로 지역의 발전이라는 일념으로
군산 발전에 이바지함과 동시에
지역주민과 함께하는 상생발전의 기틀을 다져나가리라

한 번 더
- 함경식

마지막 계단을 밟고 나서 보게 될
세상이 궁금하지 않았다네
새로운 것이라곤
눈을 씻고 찾아봐도 없었지
제자리에서 맴맴 도는 것은
그러므로 필연이었다네
실패는 그렇게 곁에 붙어
좀체 떨어지지 않았지

그런데 이게 웬일인가
뚝심으로 버티다 보니
나도 모르는 새 붉은 신호등이
푸른빛으로 바뀌지 않았겠나
기척 없이 다가든 성공에
벅찬 감동을 느낄 수밖에
그러고 보니 잠시 멈춰 서는 것도
꽤 좋은 일인가 보이

살아야겠네
절망보다는 희망으로 살아야겠네
보게나, 어느새 파란 불일세
자, 액셀러레이터 밟고 한 번 더 가보자고!

햇살의자
- 함경식

저기
시린 손 주머니에
찔러 넣고 가는 이여

한달음에 달려가
안고 싶어라

움즈린 어깨
활짝
펴질 수 있게

길가에 의자
하나 놓고

햇살
그 촉촉한 손길
따스한 울림으로

그대 잠시
쉬었다 가게

박종구

1963년 충남 예산에서 태어난 저자는 신동아건설, 한솔제지그룹 (csclub사업본부장), 씨에스클럽코리아(대표이사)외 다수의 기업에서 경영지원관리자로 근무하였다. 현재는 환경 관련 벤처회사에 재직하고 있다. "나는 누구인가? 삶의 목적은 무엇인가?"에 대한 물음에 목말랐던 저자는 20여 년간 명상과 책을 통하여 그 답을 찾는 노력을 게을리하지 않았다. 이러한 정성의 결과로 철학적인 소견을 갖추게 되었고, 행복하게 사는 법을 알았다. 이후 '철들어 사는 재미'를 함께 나누고자 상담심리학 석사, 명상전문가, 청소년지도사(2급), 산업카운슬러(1급)로서 '행복한 삶을 전달하는 활동'을 계획하고 있다.

내면을 위한 시간

- 박종구

잠들기 전
하루를 정리하는 기도

출퇴근할 때
버스나 지하철에서 잠시
무료하게 있는 것

한가로이
고즈넉한 커피숍에서
홀로 커피 향에 취하는 것

초록이 짙어 오는 봄볕을 느끼며
나뭇잎 바람결에 살랑거리는 것을
눈물 머금고 바라보는 것

가끔은
가던 길을 멈추고
하늘을 올려다보는 것

이 모든 것들은
아주 작고 소소한 행복을
마음껏 주워담는
내면을 위한 시간이다

휴대전화를 잠시 꺼보는 여유
어떠세요?

어른 자격
- 박종구

어른이란?

세상을 아는 사람
세상의 지혜를 가진 사람
세상의 답을 알고 있는 사람
가슴 눈을 뜬 사람

어른이란?

왜 사는지를 알고 있는 사람
나는 누구인가를 알고 있는 사람
하나님 부처님을 아는 사람
하나님 부처님을 닮은 사람

어른이란?

모두의 길잡이가 되는 사람
자연과 하나인 사람
참과 허를 아는 사람
우주를 아는 사람

나는 어른일까?

진짜 행복
- 박종구

사람으로 태어난
이유와 목적은

사람으로 어른 되어
가슴 눈의 지혜로
배경에 관계없이
영원이 행복하게 사는 것이다

세상에 존재하는 것은
지금밖에 없고
지금이 영원이다

지금에 사는 사람은
가슴 눈을 뜬
지혜로운 사람이다

행복은 배경 없이
혼자서도 행복해야
진짜 행복이다

임영희

· 안동 태생
· 안동사범 병설 중학교 졸업
· 안동사범 본과 3년 졸업
· 숙명여대 문과대 국어국문과 졸업
· 초등학교 교사 6년
· 1972년 월간 시 전문지 『풀과 별(신석정, 이동주)』 추천
· 현대시인협회 회원
· e-mail: vivichu429@hanmail.net
· 블로그: http://blog.daum.net/vivichu

꿈이라 해요
- 임영희

앞이 캄캄하여 나아갈 수 없다면
잠시 꿈이라 생각해요

꿈을 꾸고 있는 그 꿈속에서는
헤매이고 있어도

심한 고통과 절망에 빠지지 않고
온전함으로 깨어나거늘

'코로나19'의 불행도 잠시 잠깐
지나가는 회오리 바람이라고…

한동안 저 먼산 바라보듯
큰 숨 내쉬며 마음을 달래요

오천 년 역사와 천여 번의 외침外侵에도
굳건히 지켜온 긍지와 저력

우리 함께 흔들리지 않는
바위가 되고 따뜻한 가슴이 되어

회오리바람처럼 휘몰아쳐 온
이 환란 기필코 물리쳐요

지금은 악몽을 꾸고 있지만
곧 깨어나면 큰 기쁨 있으리라

희망
- 임영희

겨울이 가면 봄이 오듯이
봄이 오면 새싹이 돋아나고
꽃이 피어나듯이

희망은 어느 곳에서나
새빛으로 다가오리니…

지금의 어려운 환란도 스르르
눈 녹아들듯 사라져 버리나니
기도 드리는 마음

희망이라는 굳건한 신뢰를
스스로 마음 다짐하면서
기다리는 인내忍耐를

한마음 한뜻의 뭉쳐나는 여력餘力
어떠한 어려움이 덮쳐도
결코 쓰러지지 않는 겨레의 힘

찬란한 희망의 서광이
비칠 때까지 견디어내요
대한의 힘! 힘을 보여주세요…

자랑스런 한강
- 임영희

한강 물결이 춤을 춘다
잔물결이 아니라
조금은 운치 있게 춤추고 있다

지하철을 타고 한강을
가로지를 때 나는 고개를
길게 뽑아 강물을 내려다 본다

四季節 어느 때 보아도 한강이 좋다
천만 명이 넘는 인구를 거느린 서울에
한강이 없었다면

얼마나 삭막한 대도시일까
노상 보아도 늠름하게 유유히
흘러가는 한강

감동스런 마음과 여유로운
느낌으로 미소를 머금는다
자랑스런 한강이여!

사천삼백년 도 넘는 세월을 흘러왔고
더 무궁한 세월 영원히 흘러가기를
기원하는 마음 품게 하누나

경시몬(Simon)

RISING TOURISM GROUP 회장

1989년 태국을 시작으로, 캄보디아의 앙코르 유적지, 중앙아시아 실크로드, 러시아, 이란, 코커서스 등 해외 신세계를 누구보다 앞장 서서 평생 개척해 온 영혼이 자유로운 남자.

수없이 새로운 관광지 개척에 도전하여 그 꿈을 이루어 왔고 지금도 계속되고 있다. 그 능력을 인정받아 아시아 최대 여행사인 중국의 국영 여행사 CTG (CHINA TOURISM GROUP)와 협력파트너 관계로 2012년부터 중앙아시아 및 코커서스 지역의 중국인 관광객도 행사하고 있으며 조지아 트빌리시에 전문 면세점 및 고속버스 합작 투자 사업도 진행 중이다.

동으로는 러시아 블라디보스톡부터 서쪽 흑해 연안의 코커서스 지역까지, 북으로는 상 뻬쩨르부르그부터 남으로는 캄보디아까지 총 7개국 법인에서 12개국을 관장하는 해외 한인 최대 여행 네트워크를 이루어 관광 산업의 선두 주자로서 한국 및 중국 여행업계의 발전에 이바지해오고 있다.

내 삶의 이유
- 경시몬

경시몬(Simon)

거친 세월 살아오며
어쩌다 문득 떠오르는 추억의 편린들
미소의 나라 태국을 시작으로
동으로는 러시아 블라디보스톡부터
서쪽 흑해 연안의 코커서스까지
북으로는 상뻬쩨르부르크부터 남쪽 캄보디아까지
떠오르는 그 아름다운 추억을 모아
또 하나의 새로운 세상을 만듭니다

새로운 세상의 문이 열리면
내 발길 닿는 곳이 곧 길이 되고,
그 길가 골목마다 만나는 사람들의 따스한 미소가
굳게 닫혀 있던 영혼에 자유의 바람을 불어넣습니다.

사는 내내
내 두 발로 낯선 세계로의 길을 내는 것,
내 삶의 이유입니다.

행복역

- 경시몬

희망의 기차를 타고
자, 떠나자!

날이 궂어 마음까지 흐린 날
살랑살랑 불어오는 바람이 등을 떠밀면
손에 꼭 쥐고 있던 것쯤
잠시 놓아도 좋으리라.

지키고 있을 땐 미처 못 만나고
떠나야만 비로소 만날 수 있는 것들.

칠흑 같은 터널을 지날 때는
꿈틀대던 절망이,
눈부신 햇살언덕을 넘을 때는
가슴 벅찬 희망이,

스르륵 스르륵
차창 밖으로 번갈아 지나가도
희망을 놓지 않는 한
우리 모두 언젠가는 도착하리니.

"이번에 정차할 곳은
 행복역, 행복역입니다."

잘 다녀와
- 경시몬

조심해서
잘 다녀와
몸도 마음도 조심해서
가는 길 험한 줄 알지만
오르막에선 잠시 쉬고
내리막에선 냅다 달려도 보고
기분날 땐 휘파람도 불고
힘들 땐 파란 하늘도 보고

잘 다녀와
언제나 돌아가야 할 곳이 있다는 것
그것 하나만은 잊지 말고

잘 다녀와
그렇게 바람 지나
구름 지나 천둥 지나거든
환한 미소 지으며 쨍 하고 나타나
내 제일 좋아하는 말을 해줘
"잘 다녀왔어!"라고

최병국

강서구 호남향우연합회 회장
민주평화통일자문회의 강서구협의회 부회장
강서구 체육발전위원회 부회장
서울상공회의소 강서구상공회 부회장
강서구 통합 방위협의회위원
강서경찰서 집시자문위원회 위원장
강서구 서부광역철도추진위행정분과 위원장
서울시 주민자치협의회 상임고문
재경 완도군향우회 자문위원
강서구 주민자치협의회장(역임)
강서경찰서 공달래지구대생안협회장(역임)
재경 보길면향우회장(역임)

차가운 머리보다 따뜻한 가슴을

- 최병국

최병국

내가 태어나고 나를 길러준 땅
내 고향 호남
그곳이 있었기에 오늘의 내가 존재한다.

각박한 현실
성격도 삶의 방식도 각각 다른
사람들이 함께 부대끼며

오직 고향을 사랑하는 마음으로
서로 양보하고 배려하며 차가운
머리가 아닌 따뜻한 가슴으로

우리 모두가 한마음으로 하나 될 수
있었음 좋으련만

그날을 그려본다.

벼들의 합창소리
- 최병국

사그락 사그락
서로의 몸을 받쳐주며
한목소리로 불러 젖히는
너희들의 합창소리가
호남평야 가득 낭랑히 울려 퍼지네.

여름날 땡볕 속에서도
숨죽이지 않고 슬몃슬몃 자라나던
장맛비에 잠겨서도
주저앉지 않고 고개 빳빳이 세우던
세찬 바람 불어와도
부러지지 않고 감실감실 흔들리던

고난을 이겨내고 맺은 게 많을수록
자세를 낮출 줄 아는
그렇게 올곧은 마음으로 고향땅에 어우러져
세상을 향해 노래하는
그래, 너희들이 있었구나
고맙고 또 고마워라.

길눈

– 최병국

바람이 부는가.
살랑살랑 불어오는 바람에
질끈 감고 있던 눈을 뜨고 곁눈질로 바라보니
다시 새길 앞에 서 있다.
길은 새것인데 마음은 헌것이다.

비가 그쳤는가.
한 방울 두 방울 호졸근히 젖은 옷을 짜서
하늘가 빨랫줄에 널이놓으니
지난 세월의 머리 위로 오색 만국기처럼 펄럭인다.
마음은 헌것인데 희망은 새것이다.

햇살이 내리는가.
굽이굽이 지나온 길마다 족적을 떠서
길 위에 점점이 뿌려놓으니
삐뚤빼뚤한 것이 길맹임에 틀림없다.
희망은 새것인데 길이 헌것이다.

길눈이 밝으면 어떻고
어두우면 어떠랴.
끊기지 않은 수많은 길들이
이렇듯 내 앞에 끝없이 펼쳐져 있는데.
헌것도 새것도 모두 내 것이다.

박양춘

학력
건국대 경영학과 / MBA졸업

경력
2017~ 현재 티센크루프 그룹 한국대표
2015~ 한국외국기업협회 부회장
2020~ 티센크루프엘리베이터 회장
2012~2019 티센크루프엘리베이터 사장
~2010 오티스엘리베이터 부사장
2010~2011 시그마엘리베이터 중국사장
LG산전 중동지사장(카이로 근무)
1984~1987 현대중공업

수상
2018 외국기업의 날 은탑산업훈장
2016 기업혁신대상 산업통상자원부장관상
2016 기업혁신대상 최우수 CEO상
2015 대한민국 경제리더 혁신경영부문
2015 월간조선 한국의 미래를 빛낼 CEO 브랜드부문

혁신의 시작은 '다름'

– 박양춘

박양춘

혁신을 향한
첫 번째 걸음은
가장 먼저 시작하는 것이다.

혁신을 향한
두 번째 걸음은
누구나 인정하는 최고가 되는 것이다.

혁신을 향한
세 번째 걸음은
지속 가능하게 영속하는 것이다.

누구도 시도하지 않은 도전을
마땅히 감내하는 것,
혁신의 시작은 남들과의 '다름'에서 출발한다.

선물
- 박양춘

시작도 하기 전에
두려워하지 마라.
누구든 해보지 않고는
무엇을 할 수 있는지 알 수 없다.

성공도 하기 전에
실패를 점치지 마라.
폭풍우를 견뎌내야만
저 너머 무지개를 볼 수 있다.

승부를 피하지 않고
온몸으로 도전에 맞설 때
비로소
승리라는 선물이 주어진다.

인생 길잡이

— 박양춘

강물도
시간도
사람도

모두
앞을 향해
나아간다.

앞은 앞이로되
길은
제대로 잡아들었는가?

우리 모두
뒤돌아보기 전에
깨달아야 할 일이다.

최은석(Eunseok, Choi)

창의력 자기계발 전문가
공무원 출신 현 공기업 팀장 / 시인, 수필 동화 작가

한국 – 이란 문화문학언어 교류 사업 준비 중

대통령(국무총리) 정부포상 4회
수필 동화 장관상 수상

페르시아어 번역: 최현서(padidehjabbari)
이란 파란닥 대학교 졸업, 테헤란 한국어 학원 강사

페르시아! 1,000년의 사랑 이야기

"공주님 내가 왔소이다.
너무 늦게 왔소이다.

그대들과 약속한 날 파란 하늘은
지금도 여전히 파란 하늘인데

내 마음은 변하지 않았는데
그대들의 마음도 변하지 않았을 것인데

그대를 태우고 떠난 가마의 흔적은
뜨거운 태양에 가려 보지 못하네

사막의 바람도 모래를 일으켜
공주의 모습을 잊으라고 말하네

그대들은 이미 떠나버리고
나는 이제 어찌하란 말이오."

1,300년 전
내가 공주님을 처음 본 날 공주님은 내게 물었다.

"몇 넌 동안 나를 사랑할 수 있는가요?"

나는 대답했다.
"당신을 사랑한다면 100년 동안 사랑하겠습니다."

나의 공주님은 내게 다시 물었다.
"100년 뒤에는 어떻게 할 것인가요?"
나는 아무런 대답을 하지 못했다.
나의 대답을 듣지 못한 채
나의 공주님은 나를 그렇게 떠났다.

"۱۳۰۰ سال پیش"

"اولین روزی که شاهدخت را دیدم"

شاهدخت از من پرسید:
"چند سال می‌توانی عاشق من باشی؟"

"من پاسخ دادم:
اگر عاشقت شوم به مدت ۱۰۰ سال
عاشقت خواهم بود."

"شاهدخت دوباره از من پرسید:
پس از ۱۰۰ سال چه خواهد شد؟"

"من هیچ گونه پاسخی نتوانستم بدهم،
شاهدخت پاسخ من را نتوانست بشنود، و من را با
آن حال ترک کرد."

만약 당신이
다시 내게 묻는다면

"1,000년 동안 사랑하고
다시 태어나도 사랑할 것입니다."

나의 공주님이 나의 대답을 듣지 못한다면
나의 대답이
너무 늦은 대답이었다면

나는 그저
1,000년 동안 울고 있을 뿐입니다.

나의 울음소리가
나의 공주님 귀에 들린다면
다시 나의 사랑은 시작되지 않을까?

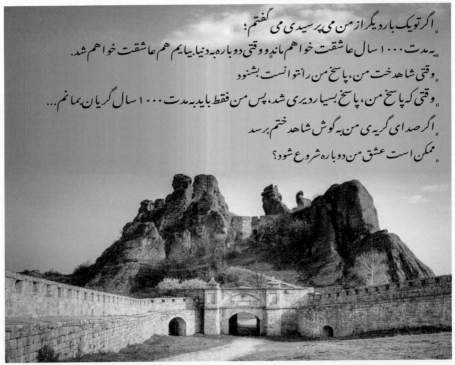

우리의 사랑을
기억하는 사람이 찾아온다면
그에게 우리의 사랑의 증표들을 확인하라.

그 증표를 가져 온 사람이
원하는 것 중 한 가지는
반드시 들어주도록 하라.

그가 만약
이번에도 사랑을 이루지 못하면

1,000년 흐른 뒤
다시 찾아오라고 전하라.

„اگر کسی به دنبال ت آمد که عشق ما را به خاطر داشت حتما نشانه های عشقمان را با او چک کن

„از بین خواسته های آن کسی که نشانه های عشقمان را با خود دارد هر طور شده

„حداقل یکی را گوش و بر آورده کن

„به او بگو که اگر این بار هم نتوانست عشقش را به دست بیاورد

„۱۰۰۰ سال بعد دوباره به دنبال عشقش بیاید

(도서출판 행복에너지 CEO) نشر انرژی شادی
این تبادل فرهنگ ، ادبیات و زبان بین کره جنوبی و ایران را از صمیم قلب تشویق میکند .

문삼식

1982년 세종대학교 재학 중 도미

뉴저지(New Jersey) 소재 로완대학교(Rowan University) 졸업

경영학 전공

노스캘롤리나(North Carolina)에서 생업의 텃밭을 일구고 있음

모러스 코퍼레이션(Morus Corporation) 대표

e-mail: mss122@gmail.com

나그네
- 문삼식

구름 되어 흐르다
비가 되었구나

나그네 같은 비가
비 같은 나그네가
말없이 하나 되어
달빛 같은 순례자의 길을
가고 있나

부르는 이 없는
들풀 같은 행색이지만
가슴엔 꽃을 담고
발길엔 그리움 담아
향수를 부른다

세월 속에 담겨진
희뿌연 추억 안고
석양 속으로 발길을 내몬다
어둠은 깊어지고
바람 탄 갈잎은 우는데
외로움 하나
내 곁에 머물며

긴긴밤을 동행하고 있다

작은 꽃
- 문삼식

담자락 길섶에 피어 있는
이름 모를 작은 꽃
수없이 스쳐가도
무심으로 만났는데
외로운 발길에 눈이 마주쳤구나

마음으로 다가가니
별보다 아름답고
눈 들어 다시 보니
설렘으로 안겨온다

오늘도 내 발자욱 그 앞에 머무니
은은한 미소 지어 나를 반긴다

동그라미 꽃잎에 향기를 보내
감추어둔 비밀을 살포시 내어놓고
들릴 듯 말듯 작은 소리로
소망을 속삭이고
희망을 노래한다
사랑을 보낸다

하늘가에 피어난
이름 모를 꽃 한 송이

내 마음 담자락에 피어난
작은 꽃 한 송이

이순

– 문삼식

뜨거운 정열
뒤안길에 묻어두고
깊은 샘물의 잔잔함에 젖는다

흔들리며 출렁이며
살아온 길을
등 너머 저 허리쯤에 내려놓고
선하디 선한 봄바람 같은 미소를
이 세월에 담고 싶다

담벼락에 서서
하루를 여는
나팔꽃 같은 청순함으로
욕심 없는 꿈으로
다시 피어나고 싶다

하이얀 눈꽃
내려앉은 머리결에
그윽한 매화향 담고
잔설에도 웃음 짓는
세월의 망울 되어
순백의 혼을 담은

아가의 꽃으로 다시 피어나고 싶다

초윤/김시은

· 사단법인 종합문예유성 교육위원회 위원장
· 종합문예유성신문 수석기자
· 한국힐링경영연구원 본부장
· 한국예능문화협회 운영위원장
· 사단법인 한국능력교육개발원 인성교육지도사
· 사단법인 한국문인협회 시인, 낭송가
· 사단법인 한국가곡작사가협회 작사가
· 사단법인 1004클럽나눔공동체위원
· 뉴 VIP상조 대표
· 치매예방 인지활동 저자

아버지의 지게
- 초윤/김시은

아버지는 새벽 이슬을 헤치며
소꼴 한 짐 가득 지고
지게는 낡아 삐거덕거리고

어머니는 마당 한편 화덕에
장작불로 아침밥 지으며
넘치는 밥물 훅 불어 한숨 내뱉는다

구수한 엄마 밥 냄새
창호지 문 틈새로 비집고 들어와
밤새 허기진 배는 요동친다

담배 한 모금 길게 들이마시며
내 머리를 말없이 쓰다듬고
다시 지게를 지고 들녘으로 나간다

아버지의 지게에는
가족 사랑 가득 짊어지고
뉘엿뉘엿 해거름 지면 오실 테지.

세월의 흔적
- 초윤/김시은

속절없이 지난 세월
고향 옛집 찾으니
푸른 꿈 간데없고
헝클어진 시간
덩그러니 외로워라

추억이 놀던 자리
방초만 무성하고
세월 뒤 숨은 동심
찾을 길 없구나

인생 중반 지나
들녘에 별빛 쏟아지면
어스름 달그림자
내 손 잡아주려나.

꽃 잎
- 초윤/김시은

봄의 끝자락 아쉬운 이별
고즈넉한 오후 길 위에 모인다
네 잎의 라일락 꽃잎이 자태를
폼내며 비에 젖은 바닥에 몸을 맡긴다

한때는 서로 부대끼며 향기로
세상을 알리더니 때가 되니 소리 없는 검불처럼 날아가려나
차가운 길 위에도 그의 향기는
영원하리라.

유지나

우석대학교 석사졸업
인문학, 철학, 종교학 부전공

2014년 신인문학상 등단
지필문학지 월간 출간
트위터, 책속의한줄에 활동 중

약 만 편의 글을 써냈으며
많은 글들이 팬들의 사랑을 받고 있음.

삶과 인생
- 유지나

욕심없는 마음으로 살아가면
삶은 그리 무겁지 않습니다

가벼운 생각으로 살아가면
인생은 그리 어렵지 않습니다

감사하는 마음으로 살아가면
삶은 그리 힘들지 않습니다

즐거운 생각으로 살아가면
인생은 그리 나쁘지 않습니다

만족하는 마음으로 살아가면
삶은 그리 괴롭지 않습니다

순리대로 살아가면
인생은 그리 불편하지 않습니다

살아가는 데 그리 많은 것이
필요하지는 않습니다

301

생각해 봐
- 유지나

마음이 무거워지거든
버려야 할게 없는지 생각해 보세요

머리가 무거워지거든
비워내야 할게 없는지 생각해 보세요

양손이 무거워지거든
내려 놓을게 없는지 생각해 보세요

삶이 무거워지거든
흘러 보내야 할게 뭐가 있는지
되짚어 보세요

준 것은

- 유지나

준 것은
잊어버리고

받은 것은
기억 하세요

잃은 것은
놓아버리고

가진 것은
감사하세요

손해 본 것은
지워버리고

이득 본 것은
담아가세요

서운한 것은
털어 버리고

고마운 것은
간직하세요

떠나간 것은
보내 버리고

머문 것은
사랑해주세요

정 선

지평선의 고장 김제에서 나고 자랐다. 전주에서 학창 시절을 보냈으며 전북대 자원공학과 전공, 취미로 클레이 공예를 시작하여 전문적인 공예 강사로 활동하면서 공방 운영하고 있다. 다양한 연령층을 지도하며 작품 활동을 하던 중 강사의 길에 들어서게 되어 많은 강연장에서의 전문가 다운 면모로 많은 대중과 함께 마음열기를 시작했다.

프로 강사로서 부드러운 소통으로 전국을 대상으로 강연을 하고 있는 멋진 인생을 보내고 있다. 세대공감을 뛰어넘어 전 국민을 대상으로 공감과 소통의 끈을 놓지 않고 블로그와 SNS를 통하여 꾸준한 활동을 하고 있다.

어느새…
- 정 선

까만 밤
보드라운 촉감을 찾아 더듬더듬
찾았다
나의 손에 잡힌 커다란 발

순간…

누구야? 막내?
통통하고 말캉말캉했던 발이었는데
아주 조그맣고 부드러운 발이었는데
어느새 딱딱하고 커다란 어른이 되었네…

에궁…
언제나 꼬물꼬물 애긴 줄 알았더니
막내는 할머니가 되어도 막내인데
엄마 눈에는 아직 애긴데
어느새 이렇게 자랐네…

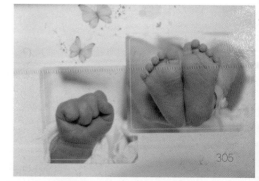

인생이라는 내 꽃밭에서
- 정 선

자기만의 색으로, 각자의 자신을 뽐내며
봄이 오는 소리에 맞춰
푸릇푸릇 싹이 틔어 오르고

존재하는 매 순간순간
뜨거운 태양빛 열정의 여름처럼
화려하게 꽃을 피워내는 나는

이 세상 유일무이한 나만의 꽃이기에

내 꽃밭에서
물을 주며 아낌없는 사랑으로 살아가고 있어요

나는
화려하지는 않지만
나라는 인생의 꽃밭에
내 이름 석자 이름표를 달아주고 싶어요

인생이라는 내 꽃밭에서

사랑의 꽃가루
- 정 선

꽃잎이 바람에 흩날릴 때
저마다 불리는 이름 있네

연분홍 꽃잎
바람에 흩날릴 때에는
그리움에 눈물짓는 꽃비

하얀 꽃잎
바람에 흩날릴 때에는
그대 향한 사랑의 꽃가루

순결의 뽀오얀
사랑의 꽃가루
바람 타고 그대에게 전하네

서범석

학력
광주 금호고등학교 졸업(1995년)
서울대 법학과(1996학번)
사법시험 제46회 합격(사법연수원 36기)

경력
법무법인 케이씨엘 기업자문팀 근무
법무법인 등정 대표변호사
대한변호사협회 수석대변인
한국소비자원 분쟁조정위원회 비상임위원
KBS 시청자위원
서울북부지방법원 민사조정위원
서울특별시 도시정비사업 법률자문위원
사단법인 행복한경영 이사
대한추심변호사회 법제이사
대한등기변호사회 이사
한림법학원 행정법 전임교수

마음 그릇

- 서범석

남의 좋은 점만 찾다 보면
자신도 언젠가
그 사람의 좋은 점을 닮아갑니다.

남의 좋은 점을 보고 칭찬해주면
언젠가 자신도
칭찬을 듣게 됩니다.

누구를 보든
그의 장점을 보려는
넉넉한 마음을 가졌으면 좋겠습니다.

마음이 아름다운 사람을 보면
코끝이 찡해지는
감동할 줄 아는 마음을 가졌으면 좋겠습니다.

말을 할 때마다 좋은 말을 하고
그 말에 배려와 진심만 담는
좋은 마음 그릇이
내 것이었으면 좋겠습니다.

좋은 마음

- 서범석

이 세계 어느 것 하나
고맙지 않은 것이 없습니다.
이 세상 모든 자연과 빛에도
경외감을 가지는 마음!

좋은 마음을 가지면
사물에서도 일에서도 가족에게서도
모든 관계가 좋아지고
구름 하나, 한 줄기의 햇살, 풀뿌리 하나도
다 좋아 보이고 모든 것이 감사해집니다

좋은 마음을 가지면
모든 세상이 다 어두워도
혼자서 세상의 전부에게 빛을 잉태해 뿌려주고
태양의 강렬한 열정과
노을이 질 때의 차분한 감동을 마음 깊이 느낄 줄 알게 됩니다

좋은 마음을 가지면
항상 긍정적인 마음이 가득 차서
힘이 들 때도 절망 대신
희망과 친구가 되어
더 멀리 더 힘차게 앞으로 나아갈 수 있습니다

참 하얗고 좋은 마음을 가지고
나머지 날들을 수놓았으면 좋겠습니다.

둥근 마음
- 서범석

남의 부족한 점보다
나의 부족한 점을
먼저 살피는 마음

약간 안다고 해서
모든 걸 다 아는 것처럼
자만하지 않는 마음

남에게 실수했을 때
미안해라고
먼저 말할 수 있는 마음

어떤 때는 양보할 때
더 큰 성취도 올 수 있다는 걸
아는 마음

절망과 좌절 속에서 마음이 많이 아플 때
소원을 들어주는 보름달의 착한 성품처럼
모나지 않고 둥근 마음

그렇게 둥근 마음으로 남의 행복을 빌어주면
어느 순간에는 나 자신에게도
그런 행복이 또 오게 될 것입니다

허남국

학력	서울대학교부설 방송통신대학 농학과 수료
경력	농림부 농산물검사소 근무
	농산물품질관리원 영주 · 철원 · 홍천소장
	강원지원 통계과장, 유통과장
	긍정에너지 연구소장
	청일문학/시인 등단 (2018)
	월간 『수필문학』 수필 등단 (2019)
	수필문학 추천작가
	춘주수필 이사
	카톨릭문우회 회원
	강원문인협회 회원
수상	녹조근정훈장
	모범공무원 표창(국무총리)
	장관표창 5회
	행복한 동행상(강원도장애인복지관장)
	소양강문화제 한글백일장 은상
	청일문학 신인문학상
	『사랑과 긍정에너지』(도서출판 행복에너지)
	행복나눔 칭찬 대상
	칭찬운동 세계화 본부

봄 연가
- 허 남 국

흰눈 덮인 입춘날
깊은 땅 속
물 빨아올리며
봄을 여는 자작나무 숲

하늘가지 새순
볼 발갛게
수분크림 발라
주름살 펴고

파란 하늘 수놓는
고운 피부
긴 다리 자작나무
연인들 속삭임

겨울잠 깬
초록 새순
신나게 부르는
봄 연가

그래도 봄은 온다
- 허남국

코로나로 온 세상 구석구석
마음마저 꽁꽁 얼어붙은 봄

찾는 이 없어 쓸쓸해도
아름답게 피어나는 홍매화

꽃샘 추위에 얼어버린 꽃망울
한 송이라도 더 피워보려 몸부림

따스한 햇살로 치유하며
화사하게 피어오르는 꽃봉오리

찾는 이 없는 텅 빈 꽃동네
그래도 봄은 꽃을 피운다

약속이나 한 듯이

눈꽃 사랑
- 허남국

영하 추위 칼바람 속삭이며
사랑으로 피워낸 겨울 눈꽃

나, 너 무지 사랑해
영원토록 사랑할거야

머물 때는 아름답고 황홀했던 눈꽃
떠난 후 빈자리 외롭고 쓸쓸해

헤어짐이 슬프다며
눈물 흘리는 겨울나무

사랑이 떠난 꽃자리
그리움만 가득하네

백남선

이화여대 여성암병원 병원장
의학박사 외과전문의

학력 및 약력
이리고등학교 졸업
서울대학교 의과대학 졸업
서울대학교 의대대학원 석사, 박사(외과학)

경력 및 수상
現) 이대여성암병원 병원장
前) 건국대학교병원 병원장 역임
前) 원자력병원 병원장 역임
現) 헬시에이징학회 회장
現) 대한임상암예방학회 회장
2006년도 영국 Cambridge의 IBC에서 위암 및 유방암 세계 100대 의사
선정

오늘

- *海峰* 백 남 선

오늘이 나의 행복이며 꿈이다.
내일은 환영으로 가득 찬 허상일 뿐.
사랑하라, 오늘의 이 아침을

그대 곁에 있으면

- *海峰* 백 남 선

그대가 내 곁에 있으면
내 둘레의 모든 것이 숨을 쉬며
생동한다.

하늘이며, 바다며, 바위며,
나무들까지

내 나이

– 海峰 백남선

나는 아무하고도 다투지 않는다.
아무것도 다툴만한 이유가 없기에.
나는 많은 삶을 살았고,
결국 세월이 나를 익혀
이해의 여유를 가르쳤기에.

꿈

– 海峰 백남선

나는 그녀의 입술에서 잠을 잤다.
그녀의 숨결소리를 들으며
그녀의 향기를 맡으며
부드러움 속에서

Life (삶)

- 海峰 백남선

our kiss has no same feeling

our cuddle make no same dream

now also never come again

tonight, too never come repeatedly

Life has no round ticket

Life is just oncc journey

우리의 키스는 꼭 같은 느낌을 가질 수 없다.

우리의 포옹도 꼭 같은 꿈을 만들 수 없다.

이 순간도 다시 오지 않는다.

오늘밤 또한 반복되지 않는다.

인생은 왕복티켓이 없다.

삶은 단 한 번의 여행

용혜원

1952년 서울 출생
1992년 '문학과 의식'으로 등단
시집 『함께 있으면 좋은 사람』, 『용혜원
대표시집』 등 86권
10여 권의 시선집 출간 총 저서 197권

추억 하나쯤은   - 용혜원

추억 하나쯤은
꼬깃꼬깃 접어서
마음속 넣어둘걸 그랬다

살다가 문득 생각이 나면
꾹꾹 눌러 참고 있던 것들을
살짝 다시 꺼내보고 풀어보고 싶다

목매달고 애원했던 것들도
세월이 지나가면
뭐 그리 대단한 것도 아니다

끊어지고 이어지고
이어지고 끊어지는 것이
인연인가보다

잊어보려고
말끔히 지워버렸는데
왜 다시 이어놓고 싶을까

그리움 탓에 서먹서먹하고
앙상해져 버린 마음
다시 따뜻하게 안아주고 싶다

꿈

- 용혜원

꿈만 꾸지 않고
꿈대로
살았더니
꿈이 이루어졌다

봄소식

- 용혜원

봄이 온다기에
봄소식을 전하려 했더니
그대 마음은 아직도
겨울이었습니다

혼자 생각

- 용혜원

눈 뜨면 보이지 않던 그대가
눈 감으면 어느 사이에
내 곁에 와 있습니다

계절의 여왕 5월에
마음에 피어나는 시심(詩心),
여러분의 가정에도
행복에너지가 샘솟기를 기원합니다

- 권선복
도서출판 행복에너지 대표이사

    어릴 적 누구나 한 번쯤은 시를 써본 기억이 있을 것입니다. 하지만 나이가 들고 먹고사는 일에 급급하다 보면 어느새 시를 쓰던 마음은 잊히고 말지요. 『시가 있는 아침』을 만드신 55명의 선생님들은 모두 어릴 적의 순수했던 마음을 간직한 분들입니다. 이분들이 쓰신 시를 읽다 보면 어느새 독자 분들의 마음에도 맑은 기운이 스미는 것을 느낄 수 있을 것입니다.

시를 쓸 때는 쓰는 나 자신을 위로할 수 있습니다. 그렇게 쓰인 시는 남을 위로하는 글이 되기도 합니다. 글이 가진 치유의 힘을 믿는 분들에게는 이 시집이 좋은 영향력을 발휘할 수 있을 것입니다. 1집부터 시작한 『시가 있는 아침』이 어느새 5집까지 다다랐습니다. 5집까지 오는 동안 많은 분들이 자신만의 시 세계를 구축해오며 살아오셨을 겁니다. 이 책을 읽으며 다양한 각양각색의 시 세계를 접해보는 것도 소소한 즐거움이라고 할 수 있겠습니다.

시 한 편 한 편마다 글쓴이의 시선과 목소리가 담겨 있습니다. 『시가 있는 아침』을 읽다보면 55분의 삶을 동시에 엿보는 기분일 테지요. 사람 사는 모습은 서로 크게 다르지 않습니다. 시 속에서 친숙한 일상의 모습을 느껴보는 것은 어떨까요. 바이러스로 인해 마음이 혼란스러운 요즘입니다. 이런 시국에도 봄은 오고 있습니다. 시집을 읽으며 다가오는 봄의 기적을 느껴보는 것은 어떨까요. 여러분의 마음에 따뜻한 봄기운이 스며들기를 진심으로 기원드리며 **선한 영향력과 함께 힘찬 행복에너지 보내드립니다.**

도서출판 행복에너지의 책을 읽고 후기글을 네이버 및 다음 블로그, 전국 유명 도서 서평란(교보문고, yes24, 인터파크, 알라딘 등)에 게재 후 내용을 도서출판 행복에너지 홈페이지 자유게시판에 올려 주시면 게재해 주신 분들께 행복에너지 신간 도서를 보내드립니다.

www.happybook.or.kr
(도서출판 행복에너지 홈페이지 게시판 공지 참조)

세계 최고령 기업의 비밀

김정진 지음 | 값 15,000원

『세계 최고령 기업의 비밀』은 노년층을 위한 평생학습기관이자 사회적 기업인 '은빛둥지'의 실화를 기반으로 하고 있는 소설이다. '잘나가는 사업가'에서 'IMF 노숙자'를 거쳐 '할아버지 컴퓨터 선생님'으로 극적인 재기를 이룬 라정우 원장과 다양한 사연을 갖고 '은빛둥지'의 일원이 된 사람들의 감동적인 꿈과 열정, 갈등과 화합을 통해 이 시대의 노년층에게 진정으로 필요한 복지가 무엇인지 생각해 볼 수 있는 계기를 제공할 것이다.

인간관계가 답이다

홍석환 지음 | 값 16,000원

삼성그룹, GS칼텍스 인사기획팀, KT&G인재개발원장 등을 거치며 오랫동안 기업의 인재경영을 연구해 온 홍석환 저자는 '누구도 혼자서는 성공할수 없다'는 말과 함께 스스로를 진정한 리더로 만들어 나가는 직장 내 인간관계의 비법을 제시한다. 이 책을 통해 독자들을 상사와 동료, 부하의 진심을 얻을 수 있는 직장생활의 전략을 이해하고 이를 기반으로 하여 직장내에서 '진정한 성공'을 향해 나아갈 수 있을 것이다.

아름다운 눈

이세혁 지음 | 값 12,000원

이 책 『아름다운 눈』은 번잡한 사회 속에서 피상적인 감정으로만 살아가는 우리들을 위해 '사랑', '이별', '삶'을 소재로 하여 언뜻 평범해 보이지만 가슴을 울리는 이야기를 들려준다. 작가 자신의 체험의 형태를 빌어 현대인의 사랑과 이별, 삶과 생각의 형태를 가장 보편적인 언어로 담아낸 책으로서 많은 이들이 위안과 공감을 얻고, 자신의 삶을 뒤돌아볼 수 있는 마음의 여유를 가질 수 있을 것이다.

골프 영어 (골프랑 영어랑 아빠가 캐디해 줄게!)

박환문 지음 | 값 25,000원

본 도서는 『골프 대디』 저자가 기획한 현지에서 쓸 수 있는 '쉽고 쏙쏙 들어오는 현지 영어'를 집약한 책이다. 작가는 글로벌 골프 꿈나무와 그들을 돕는 가족을 위해 현지에서 쓰지 않는 쓸모없는 표현은 과감하게 정리하는 한편 알아 두기만 하면 기본적인 의사소통에 문제없는 알짜배기 영어 문장을 책에 담았다. 골프 해외원정의 '가이드'라고 불러도 손색이 없을 것이다.

부부의 사계절

박경자 지음 | 값 17,000원

'결혼'에 대하여 생길 수 있는 모든 물음에 대한 솔직하면서도 깊은 사유를 담은 에세이이다. 결혼에 대해 답하는 저자의 글을 읽다 보면 결혼이란 단순히 두 남녀의 결합으로 볼 것이 아니라 한 인간의 완성을 향한 구도의 길을 걷게 하는 통과의례가 아닌가 하는 생각이 들게 될 것이다. 또한 결혼과 삶에 대한 진실한 이해를 바라며 한 줄 한 줄 써 내려간 글 속에서 인생과 사랑의 의미를 이해할 수도 있을 것이다.

열한 살의 난중일기

박원영 지음 | 값 15,000원

이 책의 놀라운 점은 박원영 저자가 11살이라는 어린 나이에 피난길에서 겪은 전쟁의 참상을 마치 눈앞에서 보는 듯 또렷하게 기술하고 있다는 것에 있다. 눈앞을 지나간 포탄의 경험과 잿더미가 된 삶의 터전, 언제든 죽을 수 있다는 공포, 그 속에서도 피어나는 가족에 대한 책임감. 저자는 자라나는 세대들이 이 책을 읽고 자유대한민국의 소중함을 가슴 깊이 간직한다면 그것이야말로 이 책의 집필 목적을 달성하는 셈이라고 이야기한다.

삶의 예술 아홉산 정원

김미희 · 장나무별 지음 | 값 25,000원

금정산 고당봉이 한눈에 보이는 아홉산 기슭에서 아홉 개의 작은 정원을 돌보며 지내는 김미희 저자의 경이로운 하루하루를 아름다운 사진과 함께 엮은 책이다. 언뜻 보기엔 평범해 보이지만 가만히 들여다보면 문장 하나하나에서 자연의 존귀함과 깊은 성찰이 느껴지며 공동저자인 장나무별 저자의 손에 잡힐 듯한 사진이 책의 매력을 더한다. 아홉산 정원 속 이야기에 귀 기울이고 있노라면 마음 한구석이 맑은 공기에 씻겨 내려가는 것을 느낄 것이다.

'행복에너지'의 해피 대한민국 프로젝트!

〈모교 책 보내기 운동〉

대한민국의 뿌리, 대한민국의 미래 **청소년·청년**들에게 **책**을 보내주세요.

    많은 학교의 도서관이 가난해지고 있습니다. 그만큼 많은 학생들의 마음 또한 가난해지고 있습니다. 학교 도서관에는 색이 바래고 찢어진 책들이 나뒹굽니다. 더럽고 먼지만 앉은 책을 과연 누가 읽고 싶어 할까요?
    게임과 스마트폰에 중독된 초·중고생들. 입시의 문턱 앞에서 문제집에만 매달리는 고등학생들. 험난한 취업 준비에 책 읽을 시간조차 없는 대학생들. 아무런 꿈도 없이 짱해진 길을 따라서만 가는 젊은이들이 과연 대한민국을 이끌 수 있을까요?

    한 권의 책은 한 사람의 인생을 바꾸는 힘을 가지고 있습니다. 한 사람의 인생이 바뀌면 한 나라의 국운이 바뀝니다. **저희 행복에너지에서는 베스트셀러와 각종 기관에서 우수도서로 선정된 도서를 중심으로 〈모교 책 보내기 운동〉을 펼치고 있습니다.** 대한민국의 미래, 젊은이들에게 좋은 책을 보내주십시오. 독자 여러분의 자랑스러운 모교에 보내진 한 권의 책은 더 크게 성장할 대한민국의 발판이 될 것입니다.

    도서출판 행복에너지를 성원해주시는 독자 여러분의 많은 관심과 참여 부탁드리겠습니다.

도서출판 행복에너지 임직원 일동

문의전화   0505-613-6133

하루 5분나를 바꾸는 긍정훈련

행복에너지

'긍정훈련'당신의 삶을
행복으로 인도할
최고의, 최후의'멘토'

'행복에너지
권선복 대표이사'가 전하는
행복과 긍정의 에너지,
그 삶의 이야기!

🌀 인터파크
자기계발 분야 주간
베스트 1위

권선복 지음 | 15,000원

권선복

도서출판 행복에너지 대표
지에스데이타(주) 대표이사
대통령직속 지역발전위원회
문화복지 전문위원
새마을문고 서울시 강서구 회장
전) 팔팔컴퓨터 전산학원장
전) 강서구의회(도시건설위원장)
아주대학교 공공정책대학원 졸업
충남 논산 출생

책『하루 5분, 나를 바꾸는 긍정훈련 - 행복에너지』는 '긍정훈련' 과정을 통해 삶을
업그레이드하고 행복을 찾아 나설 것을 독자에게 독려한다.

긍정훈련 과정은 [예행연습] [워밍업] [실전] [강화] [숨고르기] [마무리] 등 총
6단계로 나뉘어 각 단계별 사례를 바탕으로 독자 스스로가 느끼고 배운 것을 직접
실천할 수 있게 하는 데 그 목적을 두고 있다.

그동안 우리가 숱하게 '긍정하는 방법'에 대해 배워왔으면서도 정작 삶에 적용시키
지 못했던 것은, 머리로만 이해하고 실천으로는 옮기지 않았기 때문이다. 이제
삶을 행복하고 아름답게 가꿀 긍정과의 여정, 그 시작을 책과 함께해 보자.

『하루 5분, 나를 바꾸는 긍정훈련 - 행복에너지』